KB110101

분만의 아픔

분단의 아픔

발행일	2020년 6월 30일		
편저자	오승재		
펴낸이	손형국		
펴낸곳	(주)북랩		
편집인	선일영	편집	강대건, 최예은, 최승헌, 김경무, 이예지
디자인	이현수, 한수희, 김민하, 김윤주, 허지혜	제작	박기성, 황동현, 구성우, 권태련
마케팅	김회란, 박진관, 장은별		
출판등록	2004. 12. 1(제2012-000051호)		
주소	서울특별시 금천구 가산디지털 1로 168, 우림라이온스밸리 B동 B113~114호, C동 B101호		
홈페이지	www.book.co.kr		
전화번호	(02)2026-5777	팩스	(02)2026-5747

ISBN   979-11-6539-296-3 03810 (종이책)   979-11-6539-297-0 05810 (전자책)

이 도서의 국립중앙도서관 출판예정도서목록(CIP)은 서지정보유통지원시스템 홈페이지(http://seoji.nl.go.kr)와
국가자료공동목록시스템(http://www.nl.go.kr/kolisnet)에서 이용하실 수 있습니다.
(CIP제어번호: CIP2020027115)

(주)북랩 성공출판의 파트너
북랩 홈페이지와 패밀리 사이트에서 다양한 출판 솔루션을 만나 보세요!
홈페이지 book.co.kr   •   **블로그** blog.naver.com/essaybook   •   **출판문의** book@book.co.kr

분단의 아픔

늙지 마시라, 어머니여

오승재

북랩 book Lab

남북형제의 사모곡 합창
오승재 작가의 『분단의 아픔』을 읽으며

바야흐로 하늘 푸르고 녹음 짙은 7월입니다. 이런 계절에 모 처럼 오승재 교수께서 펴내는 책자를 만나게 되어 매우 기쁩니 다. 필자는 오승재 교수와 동향인 데다 우리 문학을 전공한 문 학도로서 작가의 아우인 오영재 시인이 한겨레 문학사에서 차 지하는 비중에도 관심이 많았습니다. 그러기에 이번 오승재-오 영재 형제분께서 함께하는 『분단의 아픔』 출간을 진심으로 축 하합니다. 이미 9년 전에 세상을 뜬 아우의 귀한 작품과 친지들 의 사연을 모아서 엮은 내용으로써 소중한 선물입니다. 금년은 마침 우리 한반도에 뼈아픈 상처를 남긴 전쟁 발발 70주년에 이르는 해이기에 더 뜻깊게 생각됩니다.

오승재 교수는 1959년 《한국일보》 신춘문예에 소설 「제3부두」 로 당선된 작가로서 강의와 창작을 겸해온 우리 문단의 원로입 니다. 미국 유학에서 귀국한 전후부터 모교에서 후학들을 가르 치고 대학원장도 역임했습니다. 정년 이후에는 특히 칠 남매의 맏이로서 북녘에서 외롭게 살며 큰 시인으로 활동해온 2년 터울의 아우를 잊지 못합니다. 그러기에 서로 헤어진 반세기 만의 2000년 여름, 제1차 이산가족 상봉 때 서울에서 잠시 만났던 10여 년 후인 2011년 가을에 76세를 일기로 평양에서 먼저 세상을 뜬 영재 시인을 위해 이 책자를 엮어낸 것입니다. 실로 60여 년 동안 떨어져 살며 생전에 부모님 임종도 못하고 떠난 아우가 백조의 노래처럼 부르다 남긴 사모곡들을 여기에 싣고 있습니다.

오영재 시인은 1935년 11월에 전남 담양에서 오씨 집안의 둘째로 태어나 자랐습니다. 중학생 때 만난 6·25 전쟁의 회오리 속에서 16세 의용군으로 입북하여 60년을 가족과 떨어져 살며 전시의 병사 시절과 전후의 노동 생활을 거쳐서 북한 문단의 정상에 올랐습니다. 이런 사실은 필자가 펴낸 『북한문학사전』(1995년, 국학자료원) 등에도 드러나 있습니다. 첫 작품 「갱도는 깊어간다」(1953) 이후 1960년에 대학 과정인 작가학원을 졸업했습니다. 천리마 시대의 노동을 형상화한 서정시 「조국이 사랑하는 처녀」(1961), 서사 시집 『철의 서사시』(1981), 혁명과 건설의 심화 발전상을 군중 예술론으로 형상화한 대동강 편답의 기행체 장편서사시인 『대동강』(1981~1985) 등을 발표했습니다. 이로써 1989년에 영예로운 북한의 계관시인이 되고 1995년 말에 '노력 영웅' 칭호로써 북한의 최고 훈장을 받은 주인공이 된 것입니다.

생각하면, 2000년 8월 15일에 김포공항에 도착한 다음 나흘 동안 제1차 남북 이산가족 100쌍이 서울에서 가진 극적인 만남은 일시적인 감흥으로 사라질 수 있습니다. 그에 견주어 이 책자에다 모은 자료들은 어머니 가신 지 5년 뒤에야 2000년 여름에 형제들이 상봉한 여느 작품보다 극적인 실화로서 이산의 아픔을 겪은 분단 한반도를 실증한 이야기입니다. 남북한의 당사자들은 물론 미국이나 그 밖의 외국 지성인들도 함께한 인간 드라마가 아닐 수 없습니다. 아울러 한 남측 소년이 북측에 살면서 남북을 거족적으로 아우르는 통일 조국의 한 모델이기도 합니다.

이 책자에 실린 인간 본연의 시편을 비롯하여 소감이나 편지 사연 등은 소중한 글로써 뭉클한 감동을 줍니다. 여기에는 「여기에 광부들의 일터가 있다」(1965) 등의 작품에서 못다 토로한 목마른 사랑의 욕구를 담고 있습니다. 전란기에 훈련받던 소년이 강진 운동장 옆의 탱자 울타리 곁에서 한 살배기 여동생 영숙을 업고 먼 길을 걸어와서 아들을 만나고 무더위 속 저녁 길로 떠나던 어머니 모습을 잊지 못해 토하는 목멘 울음만이 아닙니다.

3부의 사모곡 「아, 나의 어머니」에서는 실로 40년 만에 칠순 노모가 고향에 살아 계시다는 소식에 울부짖는 소리가 가슴을 울립니다. 「고맙습니다」, 「아들의 심정」, 「부르다 만 그 이름」은 고향의 모정에 목마른 인간의 울부짖음이 아닐 수 없습니다. 「사진을 또 보며」, 「목소리」 등에 이어서 「늙지 마시라」는 구구절절 인용할 수 없습니다. 더욱이 5부 추모곡과 소원시에서는 극적인 상봉이 있기 다섯 해 전에 돌아가신 모친 소식에 향한 피맺힌 갈구를 봅니다. 「무정」, 「다시는 헤어지지 맙시다」, 「슬픔」,

「기어이 안기고 싶어」 등이 제목부터 감동을 줍니다.

이 책자는 남측의 작가 형과 북측의 시인 동생이 한 가족 그대로 만나 한겨레의 간절한 사랑과 통일을 염원하는 남북형제의 합창이라고 생각합니다. 국내외에서 성원하는 여러분에게 이 사모곡의 합창을 통해서 나비효과가 이루어지기를 소망합니다. 그리하여 오랜 세월 가슴 저리고 뼈아팠던 분단 75년의 아픔을 치유하고 우리 남북 당사자를 비롯해서 이웃의 열강들도 화해·협력했으면 합니다. 그리하여 2005년 말 이후 서울 친척과 평양 가족 사이에 끊긴 서신 교류는 물론 남북을 왕래한 인편으로 음성 녹음이며 귀한 옷감 선물로 노모께서 팔순 잔칫상을 전해 받던 남북 화친이 복원·진전되길 바랍니다.

아무쪼록 이 형제의 절절한 사모곡이 쓰라린 분단의 아픔을 넘은 한겨레 모두의 디아스포라적인 가족사를 통해서 화평한 한반도 통일 기원의 소중한 울림으로 울려 퍼지길 기원합니다.

이명재*

---

* 1939년 전남 함평 태생. 1977년 《동아일보》 신춘문예로 등단한 문학평론가. 중앙대학교 인문대학 교수(학장 겸 사회복지대학원장) 역임, 현 명예교수. 『북한문학사전』, 『한국현대민족문학사론』, 『세계문학 넘어서기』 등 저서 다수.

머·리·말

저는 2000년 8월 15일 제1차 남북 이산가족 상봉 때 만 열다섯 살에 헤어져서 예순다섯의 나이가 되어 내려온 동생을 만났습니다. 헤어진 지 반세기 만입니다. 얼굴에 굵은 주름이 잡히고 손은 거칠고 두툼한 농군의 손 같아서 마치 형을 만나는 기분이었습니다. 그런 그가 이북에서 유명한 계관시인인, 오영재라는 것입니다. 중학교 3학년에 재학하고 있었던 그는 인민군을 따라 이북으로 후퇴해서 소식이 끊어졌기 때문에 그 어린 나이로 소백산맥, 태백산맥을 넘는 험난한 싸움터에서 살아남아 이북 땅에 뿌리를 내리고 생존했으리라고는 상상도 못 했습니다. 그가 사라진 처음 얼마 동안은 아랫목에 덮개를 씌운 밥그릇을 늘 넣어 놓고 기다렸습니다. 휴전이 되었을 땐 포로교환자 명단에 혹 있을까 하고 신문을 훑었습니다. 이내 포기하고 있는데 1966년 12월 방첩대에서 동생이 이북에 살아 있다는 소식을 전해 왔습니다. 우리는 제발, 그가 대남간첩으로 내려오지 말라고 기도했습니다. 당시 이북은 우리나라의 주적(主敵)이었습니다. 그리고 우리는 대공분실의 감시 대상이 되었습니다. 연약한 순 같은 어리던 동생이 민들레 씨앗처럼 날아가 일가친척이 하나 없는 이북 땅에 홀로 떨어져 뿌리를 내리고 한 가족을 이루어 살았다는 것은, 눈물겹게 감사한 일이었는데 우리에게는 그 감사함마저 가슴 조이며 숨겨야 하는 일이었습니다. 1990년 9월 4일 《한겨레》 신문을 통해 동생을 만났다는 자유기고가의 글이 실렸습니다.

한국전쟁으로 인해 실향민이 되고, 가족과 헤어지고, 남북자가 생기고, 탈북자가 생기고, 내 동생처럼 쓰나미에 휩쓸려 이산가족이 된 많은 사람이 아픔을 안고 살고 있다는 것을 실감했습니다. 이산가족뿐 아니라 온 국민이 분단의 고통을 겪고 있으며 통일을 염원하고 있다는 것도 알게 되었습니다. 우리 가족이 헤어진 한쪽을 이렇게 애타게 그리워하며 만나고 싶어 하는 것을 알자 캐나다에서, 일본에서 또 미국에서 재외 교포로 사는 분들이 도움의 손길을 보내 왔습니다. 우리 가족만을 위한 것이었겠습니까? 우리를 통해 그들의 염원도 이루기 위한 것이었겠지요.

우리나라 정부도 우리의 소원을 알고 있었습니다. 군사 독재라고 알려진 박정희 대통령도 당시 이후락 중앙정보부장을 이북으로 보내어 김일성 주석과 비밀 회담을 하고 돌아와 1972년 7·4 남북 공동성명(조국 통일 원칙을 포함한 7개 항)을 발표했습니다. 그때는 이북이라면 그 단어조차 입 밖에 낼 수 없었고 간첩 외에는 들어가지 못하는 땅이었습니다. 전두환 대통령 때도 '남북 이산가족 고향 방문 및 예술 공연단 고향 방문'이라는 명칭으로 1985년 9월 20일부터 3박 4일로 서울과 평양에서 행사를 치른 바가 있습니다. 노태우 정부 때는 남북 축구팀이 통일축구대회를 하고, 일본 지바에서 열리는 세계탁구선수권대회에 남북 단일팀이 참가하기도 했습니다. 베를린 장벽이 무너지고 세계적으로 화해 무드가 점차 열리었습니다. 드디어 김대중 국민의 정부에 이르러서는 6·15 남북 공동 선언을 하고 본격적으로 광복 55주년을 기해 제1차 남북 이산가족 상봉을 했습니다.

첫 감격의 행사가 끝난 지 20년이 되는 지금, 이 행사의 수혜자인 저는 허탈합니다. 꿈속에서 어쩌면 외계인을 만났던 것처럼 사라져 간 그는 또 언제 만날 수 있다는 말입니까? 통일원 창구에는 상봉 신청을 한 사람이 13만여 명에 달하고 그중 생존자는 5만 7천여 명이라고 합니다. 그들은 단 한 번이라도 만나 보고 싶다고 기다리고 있는 인원입니다. 한편 통일원은 과거에 한 번 만난 가족에게는 다시는 서신 교환이나 전화 통화 등 이산가족의 생사를 알아보는 창구를 열어 주지 않습니다. 생존자 5만여 명을 만나게 해 주는 것이, 그들의 급선무입니다. 그 사명이 끝나면 우리의 통일의 염원도 끝나는 것일까요? 이제 제1세대 생존자도 팔십은 넘었을 테니 몇 년이면 이 이산가족 상봉 행사는 실효가 끝날 것입니다.

한국전쟁을 휴전한 지 67년이 되어 갑니다. 직접 혈육이 찢기는 아픔을 겪은 제1세대는 거의 단절되어 갑니다. 제2세대, 제3세대들은 꼭 만나야 한다는 당위성을 못 느끼거나 무관심할 때가 되었습니다. 분단의 통증은 여기서 끝나는 것일까요? 이산 1세대가 다 묻혀 간다고 할지라도 지금도 우리의 소원은 통일입니다.

이 고통의 역사는 그냥 없어지는 과거는 아닙니다. 누군가는 이 역사를 가슴 깊이 간직하고 통일을 소망해야 합니다. 믿음은 우리가 바라는 것들의 실물입니다(Faith is being sure of what we hope for and certain of what we do not see). 저는 이산가족 상봉의 행사는 사라져도 우리의 소망인 통일은 믿음으로 살아 있어야 한다고 생각합니다.

이 과도기에 이산가족이 겪고 있는 통증과 씻을 수 없는 상처를 누군가가 공감하고 간직해 주었으면 하는 생각으로 저는 이 글을 쓰고 있습니다. 아무도 공감해 주지 않는다고 할지라도 저의 형제와 그 식솔들과 친척, 그리고 저의 친구만이라도 이 아픔을 오래 간직해 주었으면 합니다. 이것은 분단된 이 나라의 한 가족이 겪는, 속이 타는 가족사라고 볼 수도 있지만, 통일을 염원하는 모든 민족의 고통이라고도 볼 수 있습니다. 우리가 통일의 믿음을 잃지 않으면 하나님의 때를 오래 참고 견디는 자에게 하나님이 새 일을 시작하시리라고 저는 굳게 믿고 있습니다. 이 글을 쓰는 데 언제나 기쁘게 윤문을 해준 동료 김균

태 교수, 표지 디자인을 도와준 오근재 동생께 감사합니다. 특히 이 출판을 맡아준 북랩 출판사에 감사를 드립니다.

2020년 6월

계룡산록(鷄龍山麓)에서

오승재

차·례

1부

청천벽력(靑天霹靂)

나는 그날 맑고 푸른 9월의 맑은 하늘을 집무실 의자에 앉아 즐기고 있었다. 그때 전화벨이 울렸다. 고향에 있는 오랜 친구에게서였다. 그는 숨을 몰아쉬며 말했다. 8월 4일(1990년) 날짜의《한겨레》신문의 사회면을 보라는 것이었다. 거기에 6·25 때 실종된 내 동생의 기사가 실렸다고 했다. 제호는 '범민족대회에서 만난 북의 문인들'이었다.

　　《한겨레》신문에 실린 오영재 동생의 소식은 우리 가족에게는 청천벽력(맑은 하늘에 날벼락)과 같은 것이었다. 소식을 보낸 친구들은 나보다도 더 흥분해 있었다. 우리 가족은 동생이 이북에 살아 있다는 사실을 24년 전, 그러니까 1966년 12월에 어렴풋이 알게 되었다. 그러나 당시에는 그것이 너무 무서운 일이었으므로 아무에게도 발설하지 못하고 마음속의 깊은 곳에 숨겨온 것이었다. 그랬으나 이렇게 분명히 그를 만나고 온 사람으로부터 소식을 듣는다는 것은 놀라운 일이었다. 유명한 시인이 되어 지금까지 살아 있다는 게 얼마나 눈물겨운 일인지 알수가 없었다.

　　내 둘째 동생 형재는 육군 사관학교 16기생이다. 그가 1956년 육사를 들어갈 무렵에도 분명 연좌제가 있었다. 그런데 형이 이북에 살아 있다는 것이 일찍 알려졌었다면 그가 어떻게 육사에 들어가게 되었겠는가? 그때는 육사는 특차로 일반 대학과 다르게 신입생을 미리 선발하였다. 그는 수석으로 합격했고 학교가 시작될 때까지 스스로 몸이 허약하다고 생각해서 매일 4㎞를 팬티만 입고 뛰었고, 자기는 반드시 나라를 지키는 훌륭한 장군이 될 것이라고 말했다. 그래서 장군이 된 때 휘호를 받으러 오는 사람에게 글을 써 주어야 한다고 붓글씨 연습도 열심히 하고 있던 동생이다. 그런데 그가 당시 연좌제에 걸렸다면 어떻게 되었겠는가? 신기하게도 그는 육사를 잘 마쳤고 1960년 육사 졸업 후는 16개월간 전방에서 포병장교로 근무하다가 육사 교관 요원으로 인정받아 미국 콜로라도 주립대(U. of Colorado)에서 응용수학 석사를 취득하고 돌아왔다. 귀국해서 육사 교관으로 있던 1966년 12월이었다. 서울 청진동 소재 방첩대의 방첩과장으로 있던 노태우(육사 11기) 소령으로부터 출두명령이 떨어졌다. 방첩대에 들어가자 노 소령은 그가 육사에 입학원서를 낼 때 제출했던 신원조회서를 내놓는 것이었다. 그리고 신원 조회에 가족관계란을 지적했다. "거기 뭔가 빠뜨린 것 없어? 형 오영재의 이름이 없잖아?" 그는 기절할 뻔했다. 당시 이북에 가족이 살아 있다면 연좌제도 적용되거니와 입학이 안 될 것이 분명했다. 그는 새파랗게 질려 죄를 고백했다. "그보다 더 놀라운 일이 있어. 네 형이 이북에 시인으로 살아 있다는 거야." 형재는 너무 놀라 흐느껴 울기 시작했다. 그러자 노 소령은 소리 내어 울라고 했다고 한다. 노 소령은 신원 조회 건을 더는 문제 삼지 않는 것 같았다. 그러면서 가서 기다리라고 했다. 귀대한 뒤 다시 윤필용(육사 8기) 방첩대장이 지프를 보내어 불려갔다. 너무 무섭고 높은 사람이기에 떨릴 줄만 알았더니 오히려 편안했다고 동생은 말했다. 커피를 앞에 두고 알고 있는 것을 다 말했다. 대장은 "형이 간첩으로 내려오면 동생을 만나 기밀 등을 알아가려고 할 터이니 군에 남아 있으려면 방첩대에 와서 근무하든지 아니면 군복을 벗어"라고 말했다. 그는 제대도 거부하고 군에 남아 방첩대에 근무하는 것도 거절했다. 만일 접선이 되는 경우는 반드시 신고하되 본인의 근무 상태를 연 4회 거주지 경찰서의 치안국에 보고하겠다는 조건이었다. 결국, 그는 소령까지 진급하고 진급이 멈춘 후 계급 정년 8년으로 전역하였다. 그러나 그는 방첩대 사건 후 늘 집 주변을 배회하며 감시하는 누군가의 그림자 속에 지내야 했다.

연좌제가 엄격히 적용되지 않은 것은 나도 마찬가지다. 내가 1966년 7월 풀브라이트 장학금으로 하와이에 수학 교사연수를 받기 위해 일

년 반 동안 나갈 때도 신원 조회에 아무 문제가 없었다. 나도 신원 조회에 동생 이름을 빠뜨렸던 것 같다. 내가 하와이에 있는 동안 동생의 방첩대 호출이 있었지만, 집에서는 나에게 그 소식을 알리지 않아서 나는 아무 내용도 모르고 이듬해 귀국했고 그 소식은 숨겨진 채 1990년까지 거의 24년을 지낸 것이다. 동생이 방첩대에 불려 간 것은 제6대 박정희 대통령 선거가 끝난 후여서 무리한 독재 장기 집권 때문에 사회가 어수선한 때였다. 5·16 군사 정변으로 집권한 정권이었기 때문에 처음부터 그들이 내세운 경제개발 5개년 계획 등의 경제 정책은 눈앞에 내세우는 장식으로밖에 보이지 않았다. 서독 광부와 간호사 파견, 베트남 전쟁에 파병, 한일기본조약 체결 등을 통해 축적한 자금으로 점차 눈에 보이는 경제 발전을 이룩했으나 한일기본조약 체결은 심한 여론의 반대에 부딪혀 이에 따른 인권 유린이 심각했다. 경제 발전으로 한국의 근대화에 이바지했다는 공(功)은 정치적 실(失)에 묻혀 버린 것이다.

미주민족문화예술인협회(민문예협)의 회장이며 자유기고가인 김영희 회장의 한겨레신문에 1990년 9월 4일 기고한 글은 다음과 같다. 북에 생존한 동생 오영재의 생사를 다시 한번 확인하게 한 첫 기록물이다.

범민족대회에서 만난
북의 문인들

김영희

서울 출생. 이대 불문과 및 캘리포니아 주립대학원 연극과 졸업. 전 동아일보 로스앤젤레스사 기자. 현 자유기고가 및 미주 민문예협 회장.

(⋯)

범민족대회 일정만 갖고도 강행군이라고 모두 아우성이었는데 그렇게 밤을 밝힐 기력이 어디서 솟아났는지⋯. 북의 문인들은 남쪽 작가들을 대하는 심정으로 우리 일행을 대했다.

시인들은 감흥이 나면 즉흥시를 낭독했다. 수많은 노래를 함께 불렀는데 남쪽이 고향인 오영재, 남대현과는 함께 부를 수 있는 노래가 더 많았다. 동요 「따오기」부터 시작하여 흘러간 대중가요인 「울고 넘는 고모령」까지⋯. 「조선은 하나다」, 「동지의 노래」 등 북의 노래를 부를 땐 미국 동포 사회에서 하는 대로 가사를 좀 바꿨더니 "원작자의 의도기 살지 못한다."라며 반대하는 작가도 있었으나 "시대가 달라졌으니 가사도 따라가야 한다."라며 동감하는 작가도 있었다.

민문예협 일행은 오영재, 남대현과 함께 부를 수 있는 노래를

생각하다가 남쪽이 국민학교(초등학교) 졸업식에서 하던 "잘 있
거라 아우들아 정든 교실아…"까지 끄집어냈는데 열여섯 살 때
북으로 넘어온 오영재는 2절, 3절 가사까지 한 자도 틀리지 않
고 정확히 기억해 냈다.

이 졸업식 노래는 우리가 떠나올 때까지 남쪽 출신 문인들과
가장 즐겁게 여러 번 부른 레퍼토리 가운데 하나였다.

(…)

우리는 밤잔치에서 술을 가장 많이 마셨는데, 목이 쉬도록 노
래를 많이 부르고, 또 가장 많이 눈물을 흘린 이는 오영재였다.

그는 「반달」을 부르면서도 울었다. 어릴 적 고향 집에서 동생
들과 부르던 노래라고 했다. 혹 고향 소식을 들을까 하여 《통일
예술》에 시 대신 회상기를 써냈다는 오영재는 범민족대회에 참
가하는 해외 동포단에 혹시 가족이 있을까 해서 그 명단을 열
심히 들춰 봤지만 오씨 성을 가진 이조차 없었다고 서운해했다.
사흘에 한 번은 어머니 곽앵순 씨의 꿈을 꾼다는 그는 광주 사
범 출신인 오유길 씨의 차남으로 장성에서 태어나 오씨네 마을
인 강진군 군동면 화산리에서 어린 시절을 보냈다.

인민군으로 나갔다가 "가난한 고향 집에 돌아가서 별 할 일이
없을 것 같아 북으로 왔을 뿐, 당시 나에겐 아무 이념도 없었
다."라는 그는 누가 봐도 꾸밈없고 다정다감한 시인이었다.

(…)

이길주에게서 "민문예협은 남쪽과 북쪽 어느 쪽도 기울어지

지 않는 중립입니다."라는 말을 듣고 "그럼 개인적으로 친해지는 것은 어떻습니까? 그것도 친북입니까?"라며 심각한 표정을 짓던 그의 옆에서 필자는 왠지 모를 죄의식까지 느낀 적이 있다.

《통일예술》에 북쪽 작품이 남쪽 작품보다 더 많이 실렸으니 오해받으면 어떡하느냐며 걱정하던 다른 문인의 말을 들을 때도 비슷한 심정이었다. 친북이니, 친남이니, 중립이니 하는 분단적인 용어들이 사라져야 통일이 가능한데 우리는 아직도 그 속에서 허우적거리고 있을 뿐이었다.

(…)

평양을 떠나기 전날인 21일에 오영재의 집에서 환송회가 열렸다.

평양 광복동 거리에는 지난해에 완공된 고층 아파트 단지가 대규모로 들어섰는데 그가 사는 아파트는 특별히 눈에 띄었다. 현기증이 날 정도로 높고 성냥갑처럼 네모반듯하게 지은 다른 대부분의 아파트와는 달리 4~5층 정도의 높이에 입체적으로 아담하게 지어진 아파트였다. 예술인, 학자, 언론인 등 지식인들이 주로 살고 있는 곳으로 최영화의 아파트도 여기에 있었다.

오영재와 이웃사촌인 최영화가 나서서 자기 집처럼 집 구경을 시켜 주었다. 아래층에 기실, 부엌 방 한 개, 화장실이 딸린 목욕탕이 있고 위층에 방 네 개가 있는 널찍한 아파트였다. 거실에는 텔레비전, 대형 녹음기가 놓여 있고, 동양화 한 폭이 벽에 걸려 있는 것 외에는 거추장스러운 가구들은 눈에 띄지 않아

무척 정갈해 보였다.

우리 일행은 "평양의 호화 주택에서 환송회를 받게 되어 무척 고맙네."라고 농담을 했다.

오영재는 손님 대접을 한다고 아래층 베란다에 싱싱하게 열려 있는 오이와 풋고추를 몽땅 따다가 명태찜, 계란찜, 송어구이 등이 푸짐하게 차려진 만찬상에 고추장과 함께 올려놓았다.

2층 서재에 붙은 베란다에서는 봉숭아 몇 송이가 막 피어나고 있었는데 이 꽃들도 수난을 당했다. 세 살짜리 딸 아이가 손톱에 봉숭아 물을 들여 주면 무척 좋아할 거라는 필자의 말이 끝나기 무섭게 그는 꽃을 죄다 따서 내 손에 담아 주었다.

밖에는 비가 내리고 있었다. 우리는 빗소리를 들으며 밤잔치에서 부르던 노래를 다시 불렀다. 「우리의 소원」 등 통일 염원의 노래를 부를 땐 모두 자리에서 일어나 손에 손을 잡았다. 서울에서 선배 예술인, 연극패 친구들과 어울려 지내던 옛 시절이 생각났다. 평양에서 만난 북의 문인들과 그들의 어디가 다르단 말인가? 믿기 어렵겠지만 45년간의 장벽은 일주일간의 만남, 아니 단 하루만의 만남으로도 허물어질 수 있다고 감히 외치고 싶었다. 헤어질 무렵에는 빗속에 서서 모두 울었다. 남과 북, 북과 남은 아직도 멀리 서로 그리워만 하고 있었다.

김영희 회장은 남한에 가면 분명 자기가 가족을 찾게 해 주겠다고 굳게 약속했다고 한다. 그는 동생 영재가 말한 부모의 이름, 그가 태어난 장소, 그리고 어린 시절을 보낸 고향 주소를 분명히 적어 두었다. 그뿐만 아니라 우리 못지않게 동생이 얼마나 부모를 찾아 헤매며 안타까워했는지를 가슴 아리게 전해 주고 있다.

그 뒤로 우리는 동생이 시 대신 '회상기'를 썼다는 민문예협에서 발행한 《통일예술》을 구해 그의 글을 읽어 보았다. 1990년 창간호를 내고 남북 문인들의 글을 실은 잡지였다. 김영희 작가는 자유기고가로 북한을 방문할 때 민문예협 발기인 대표로 참석한 일이 있었다. 북한의 예술인들을 만나고 돌아와서 먼저 남북 문학인들의 통일 염원을 담은 작품을 《통일예술》에 담기로 하고 먼저, 작가들의 가슴속에 있는 분단의 벽을 허물어야 한다는 생각으로 남북 작가에게 작품을 청탁했는데 남한에서는 거의 신작을 얻지 못했다고 한다. 당시 정부 승인 없이 방북한 문익환, 황석영, 임수경 등으로 인해 조성된 공안정국 때문일 것으로 생각했다는 것이다. 거기에 오영재 시인은 회상기 「나의 발자국」을 시 대신 실었는데, 혹 남녘의 가족들이 읽지 않을까 하는 바람으로 기고했다고 한다. 그해 8월 15일 북한에서 범민족대회를 개최해서 당시 민문예협의 회장이었던 김영희 작가도 참석하면서 오영재의 작품이 실린 《통일예술》을 가지고 갔었다고 한다.

《한겨레》 신문에 실린 김영희 회장의 글을 읽은 뒤 우리는 동생 영재가 시 대신 '회상기'를 썼다는 민문예협에서 발행한 『통일예술』을 구해 그의 글을 읽어보았다. 《한겨레》 신문에 기고한 후 김영희 회장은 미주에 돌아가서 「나의 발자국」의 사본을 우리에게 보내 왔지만 우리는 광주에서도 1990년 9월에 출판한 게 있어서 구해 읽었다. 그 내용을 읽은 우리 온 가족은 어머니를 비롯해 눈물바다였다.

나의
발자국

오영재

1935년 11월 17일 장성 출생. 강진에서 성장. 1960
년 평양 작가학원 졸업(1960). 조선문학예술종합출
판사 기자 겸 시인으로 활동. 1964년 혁명 대작 작
업으로 최영화와 함께 백두산 답사. 1995년 노동
영웅상 및 김일성 훈장 수수. 2000년 8월 15일 제
1회 남북 이산가족 상봉으로 서울 내방. 『행복한 땅
에서』(1973), 『철의 서사시』(1981), 『대동강』(1985),
『인민의 아들』(1992) 외 수십 편의 작품 집필.

　내가 어렸을 때 조선 지도를 그려보던 생각이 난다. 학교에서
지리 숙제로 받았기 때문이었는지 아니면 무슨 생각이 나서 한
번 그려보자고 했던지 나라의 모양을 난생처음으로 종이 위에
옮겨본 일이 있었다.

　명산들과 도시를 표시하고 그것을 철도로 연결시킨 다음 차
례로 내려오면서 이름들을 적어놓기 시작했다. 백두산, 금강산,
신의주, 평양, 원산… 노래로 불리던 산과 강들, 소설책들에 그
려지던 도시들이었다. 나는 이제 크면 한 번 가볼 수 있겠는
지… 문득 이 이름들 앞에 생각을 멈추어 본 것은 꿈같은 유년
시절의 한갓 호기심일 뿐 사실, 이 이름들은 자기와 이렇다 할

인연을 가지고 연결된 것이란 없었던 것이다.

해방이 되고 38선이 가로막혀 그 이름들이 이북으로 되어버렸을 때 한 번 가볼 수가 있겠는지 하고 생각했던 그 기대마저 사라져 버리고 말았다.

그런데 바로 그 땅에 나는 들어와 있고 그 40년간 여기서 살며 오늘은 광복 거리의 새집에서 만경봉과 잇닿아 있는 푸른 야산을 서재의 창문 너머로 바라보며 남해 바닷가의 옛 고향과 어린 시절을 추억하고 있는 것이다.

운명은 너무도 예상치 않게 이 몸을 여기에 실어다 놓았다.

● 운명의 전환

사람들이 나에게 나서 자란 고향이 어딘가고 물을 때 잠시 망설이게 되는 것은 딱히 어느 고장이라고 찍어야 좋을지 그 대답이 난감하기 때문이다. 소학교 교원으로 일하는 아버지가 자주 전근하였던 관계로 우리 가정은 한곳에 정착하여 살지 못했다. 나의 출생지는 전라남도 장성이라고는 하지만 함평에서 소학교를 다녔고 강진에 와서는 중학교에 다녔다. 7남매라는 무거운 가정의 짐을 싣고 달구지 바퀴 자국이 고달픈 생의 굵은 주름처럼 패인 산골길을 힘겹게 끌고 다니지 않으면 안 되었던 청빈한 교육자의 가정은 나에게 이렇다 할 희망도 포부도 줄 수 없었다. 나무나 씨앗이 자리를 가려, 비옥한 땅을 골라 떨어질 수 없듯이 척박한 땅에 떨어지고 만, 나의 생의 씨앗은 삶의 터전도 향방도 미처 잡지 못한 채 소년 시절의 꿈속을 헤매고 있었다. 함평군 학교면 월송리의 미처 잡지 못한 채 찍힌, 나의 나막신 자국과 강진의 탐진강 강가에 찍혀진, 형이 신다가 물려준 헌 고무신 자국이 장차 어디로 뻗어 나가게 될지 그때는 전혀 예상할 수 없었던 것이다.

나의 운명에서의 사변적인 전환이 그렇게도 일찍이 들이닥칠 줄은 몰랐다. 1950년 내가 열여섯(만 열다섯) 살 때 조국 해방 전쟁이 일어난 것이다.

인생의 청년기를 바로 눈앞에 두고 나는 인민군대에 입대하였고 거창한 전쟁의 밀물은 해변의 작은 모래알과도 같은 이 내 삶을 전혀 다른 대안으로 옮겨 놓았던 것이다. 그리하여 내 삶의 첫 씨앗이 떨어졌으며 나를 낳아 길러준 부모님들과 나의 어린 시절의 고향 땅은 한 나라를 남과 북으로 부르는 비정상적인 상황 속에서 영영 갈 수 없는 곳처럼 되어 버렸으며 세계를 크게 둘로 갈라놓고 있는 두 제도의 축소판이 된 이 땅은 사상과 이념, 제도의 차이를 초월하여 민족이란 핏줄 잇기를 그처럼 바라건만 오늘까지도 나는 부모·형제들의 생사 여부조차 알지 못하고 있는 것이다.

● 한밤중에 평양역에

사변으로 가득 찬 이 땅에서 살아온 50여 년 평생 쌓인 추억도 많지만, 그중에서도 뇌리에 깊이 새겨져 있는 것은 군사복무를 마치고 내가 제대되었을 때의 일이다.

제대증을 받아든 나의 심정은 착잡하였다. 남들은 부모·형제들이 반기는 제 고향에 가게 되었다고 기뻐들 했지만, 나에게는 불비를 겪으면서도 살아서 돌아오는 아들을 반겨줄 부모도 친척도 단 한 사람 여기 북녘땅엔 없었던 것이다. 그러나 어쨌든 여기서 나는 자기 한생의 끝까지 몸에 붙이고 갈 직업을 선택하여야 할 시각에 이른 것이다. 그러나 모든 것이 지나간 다음에야 깨달음이 미치는 것처럼 부닥친 그 순간엔 언제나 현명하지 못한 법이며 더욱이 그때의 나의 경우, 사회생활에 대한 이해와 지식이 너무도 박약했던 관계로 각이한 목적지로 향하는 열차들이 저만큼 승객들을 부르는 인생의 플랫폼에서 손에 잡히는 대로 올라탄 차 칸이 평양시 서구역 건설 뜨레스트 노동자의 배치장을 쥐어 준 평양행 열차였다.

밖에서는 늦가을의 찬비가 뿌리고 있었다.

빗물이 하염없이 흘러내리는 차창 가에 앉아 나는 난생처음으로 가슴을 저미는 고독을 체험하였으며 분열의 비극이 나의 일신상에 주는 형언할 수 없는 아픔을 느꼈다. 반겨줄 사람도, 기다려주는 사람도 없는 곳, 어린 시절 소선 지도를 그리며 연필로 그 이름을 적어본 것밖에 없는 평양, 그곳에서 무엇이 나를 기다리고 있을 것인가. 그 어떤 인생행로의 발자국이 그곳으로부터 이제 어디로 찍혀 갈 것인가. 알 수 없는 낯선 곳으로 나를 싣고 열차는 빗속을 달리고 있었다.

함께 열차에 올랐던 전우들이 도중 역들에서 내렸다. 그들에게는 맨발로 달려 나와 안아줄 감격적인 혈육 간의 상봉이 기다리고 있는 것이다. 나의 손을 놓지 않고 자기 집에서 며칠 쉬었다 가라고 간절히 권할 때마다 그들의 진정이 눈물겨웠고 그렇게 전우들이 내 곁에서 하나둘 사라져 갈 때마다 나는 고독의 심연 속으로 한 걸음 한 걸음 빠져들어 가고 있음을 느꼈다.

드디어 홀로 남아버린 나는 한밤중에 평양역에 내렸다.

● **시인으로서의 첫 길**

고향에서 중학교만 다닐 때만 해도 나는 특별하게 문학에 뜻을 두어 본 적도 없었고 농촌집의 사랑방에 굴러다니는 소설책들을 흥미 삼아 읽었을 뿐 어린 시절부터 문학의 토대를 닦은 것이 없었다.

격렬한 전쟁의 날 『전선문고』로 중대마다 배포되곤 한 박세영, 조기천, 민병균, 김조규 등 시인들의 시들이 나에게 준 충격이 나로 하여금 시의 세계에 흥미를 느끼게 하였고 시를 습작해 보고 싶은 의욕을 주었던 것 같다. 그리하여 제대될 때까지 신문과 잡지 등 출판물에 시를 써서 발표하였다. 그러나 내가 앞으로 시인이 되리라고는 감히 생각을 못 했었다. 세상에 널리 알려져 독자들의 존경과 사랑을 받고 있는, 그런 시인들과 건설장에서 위생기구를 달고 좁은 삐뜨 안에서 난방관을 조립하는 나의 처지는 너무도 거리가 멀었던 것이다.

그러나 나는 어떤 개인적인 후원도 받을 수 없었던 그 시절의 노동 생활에 지금 감사를 드리고 있다. 노동의 벗들과 집단은 내가 그토록 아쉽게 떠나온 중대 생활의 향취와 정신적 안정을 이내 다시 재생시켜 주었고 인민의 창조물을 일떠세우는[1] 벅찬 노동 생활은 나에게 근무 생활에서와는 또 다른 생의 의미와 격렬한 시적 흥분을 불러일으켜 주었다. 설날 새벽이면 눈 덮인 홍부동 고개를 넘어와 합숙에 홀로 있는 나를 깨워 집으로 데려가던 작업반의 아바이들, '노동자 시인'이 나왔다고 끼니때마다 남달리 반기며 무엇인가 한 가지라도 더 놓아주고 싶어 하던 마음 어진 식당의 어머니들…. 그들이 얼마나 따사로운 손으로 나의 가슴을 어루만져 주었고 생의 기쁨을 안겨 주었는지 그들 자신도 다 몰랐을 것이다.

작가 동맹에서는 나에게서 그 어떤 재능의 싹을 보았는지 나를 작가 학원에 입학시켜 주었고 이때로부터 나는 시인으로 성장할 수 있는 전문 교육을 받게 되었다. 국가에서는 내가 보호자가 없는 무의무탁생이라고 하여 노동 현장에서 받던 노임보

---

1) 일떠세우다: [북한어] 앉아 있다가 갑자기 일어서다.

다 더 많은 장학금을 주었고 매해 무상으로 겨울옷과 여름옷을 주었다.

너무도 뜻밖에 차려진 일들로 하여 어리둥절해하면서 어떻게 날과 달이 흘러가는 줄 모르고 향학열의 불길 속에 몸을 던졌던 그 시절은 또한, 눈물도 헤픈 시절이었다. 장학금과 의복을 받을 때도, 출판물에 실린 내 시를 볼 때도, 저도 모르게 눈시울이 후더워졌다.

어느 봄날 학급에서 만경대로 야유회를 갔을 때 몇 잔 술이 주는 흥분으로 자제력을 잃어서인지 나의 눈물은 그만 울음으로 터지고 말았다, 나는 만경봉 푸른 잔디에 뒹굴며 두고 온 어머니를 찾으며 아이처럼 울었다. 내가 누리고 있는 이 생활은 고향의 부모들에게 알릴 길이 없어 가슴이 찢어지는 듯한 아픔의 울음이었고 이제야 이 북녘 땅에서 부모와 형제를 대하여 주고 있는 이 나라 제도에 대해 고마움의 눈물이었다.

● **세월도 못 실어가는 것**

남해 바닷가에 떨어졌던 한 생명의 씨앗이 여기서 그 뿌리를 깊이 내리는 세월의 연륜을 감기 시작하였다. 결혼을 하고 아이들이 태어나고⋯. 분열로 인하여 가정을 잃어 홀몸이었던 나는 이렇게 새 가정의 호주가 되었다.

그리도 사무치게 가슴에 맺혀 있던 사연도 세월이 흘러가고 생활 처지가 달라지면 가끔 잊기도 하는 것이다. 그러나 그럴 만하면 때 없이 두고 온 혈육들에 대한 생각으로 목이 메게 되는 일들이 닥쳐오곤 하였다. 국가에서 주는 표창들, 돌려지는 온갖 배려들…. 기쁜 일이 있을 때나 어려운 일이 있을 때나 자식의 마음이 제일 먼저 달려가는 곳은 어머니의 품이 아니었는가. 어머니처럼 자식의 기쁨을 그 어떤 사심도 없이 자기의 것으로 받아들이는 사람이 세상에 또 있으며 자식의 괴로움을 몇 배로 하여 가슴을 태우는 사람이 또 있으랴.

50년 그 여름 탱자나무 울타리 곁에서 어머니와 헤어지던 생각이 난다.

그때 나는 어머니와 멀지 않은 곳에 있는 친척 집에나 다녀올 듯이 헤어졌다. 어머니도 나도 한두 달이면 내가 돌아와 학교에서의 공부를 계속하게 되리라고 여겼었다. 어머니 등 뒤의 칠십이 넘은 할머니만이 옷고름으로 눈시울을 훔치고 계셨다. 애지중지 키운 손자를 이제 다시는 못 볼 것만 같은 그 어떤 예감에서였는지 아니면 이별의 감정이 맹목적으로 불러일으켜 주는 늙은이의 헤픈 눈물이었는지….

어머니를 나는 그 후 다시 한 번 뵈올 기회가 있었다. 강진을 떠나 장흥군의 대화국민학교에서 의용군 훈련을 받고 있을 때 한 살짜리 막냇동생 영숙이를 업고 나를 면회하러 왔었다. 아침부터 떠나 칠십 리 초행길을 8월의 폭염 아래 병약한 몸으로 온종일 걸어 해 질 무렵에야 훈련소의 정문에 이르렀었다. 단

몇 분밖에 면회 시간을 허용하지 않은 훈련소의 규율이었지만 보초장에게 고생스레 걸어온 길을 상기시키면서 어머니가 사정했었다면 우리의 만남은 더 연장될 수 있었고 잠시 앉아 다리 쉼도 할 수 있었을 것이다. 그러나 어머니는 남에게 구차한 소리를 할 줄 몰랐다. 성한 너를 보았으니 이젠 마음이 놓이고 잠이 올 것 같다고 하시면서 선 채로 돌아서시었다. 석양이 뉘엿뉘엿 저물어가는 먼지 낀 신작로로 가물가물 사라져 가는 어머니의 흰 저고리를 학교 마당가 한 그루 은행나무 밑에서 바라보며 나는 소리 없이 울었다. 생각해 보면 다심한 그 사랑에 오히려 짜증만을 내던 집에서의 그 버릇대로 나는 집을 멀리 떠나가 있는 이 마당에까지 온몸으로 기울여주는 그 사랑을 몰라주는 이 불효자식에게 그 어떤 섭섭함도 원망도 없이 웃으며 떠나간 어머니가 어쩐지 측은하게만 여겨졌다. 변변히 잡숫지도 못하고 걸어왔을 그 걸음, 날은 어두워지는데 밤길 칠십 리를 이제 어떻게 가시려는가. 이 생각은 그날에 비로소 자식으로서 어머니에게 비춰보는 첫 감정이었고 어머니를 위하여 흘려보는 첫 눈물이었다. 어머니를 만나본 그 짧은 순간이나마 어머니를 생각하는 자식의 눈물을 보여주며 어머니가 이 세상에서 나에겐 가장 귀중한 존재라는 것을 순정을 기울여 고백했더라면 밤길 칠십 리를 돌아가는 그 마음이 얼마나 즐거웠으랴. 아, 그랬던들 어머니와 생이별을 당하고 40년을 헤어져 살고 있는 지금, 이내 마음도 이렇게까지는 아프고 괴롭지 않으리라.

생일날 아침이면 나는 아내와 아이들의 축배를 받는다. 그 술잔을 들여다보며 고향의 어머니를 생각한다. 넉넉지 못한 살림이지만 그런 날 아침이면 언제나 내가 좋아하는 시루떡을 내 상 위에 따로 놓아주던 어머니…. 비록 기나긴 세월을 헤어져 살아오지만, 어머니는 어느 한 해도 빠짐없이 내 생일을 잊지 않고 내가 없는 나의 형제들 ― 숭재 형님과 동생들인 형재, 근재, 홍이(창재), 필숙이, 영숙이를 한 두리상에다 불러놓고 없는 내 자리까지 시루떡을 놓아주며 "오늘이 영재 생일이다." 하시며 눈물을 지으시리. 그러나 내리사랑은 있어도 치사랑은 없다는 말 그대로 나는 지금 어머니의 생일이 봄인지 가을인지조차 알지 못하고 있다. 어머니는 우리에게 단 한 번도 자기의 생일을 상기시킨 적이 없었으니 어찌 어머니의 생일을 쇠 본 기억인들 있을 수 있으랴. 어머니의 생일을 알고 있다면 비록 곁에 계시지 않아도 어머니가 저 남쪽 땅에서 그렇게 하고 계실 그것처럼 나도 생일상을 차려 놓고 "애들아, 오늘이 너의 할머니 생신날이다."라고 말해 줄 수 있으련만 그 생일을 어디다 물어보며 대줄 사람 또한 어디 있으랴. 어머니를 생각하고 위하는 마음은 제가 제 자식을 키워보며 나이 드는 세월만이 이렇듯 때늦게 가르쳐주고 있는 것인가.

생각도 많은 섣달 그믐날 밤을 보내고 새해의 아침을 맞을 때면 나는 아이들에게 한아버지 할머니가 계시는 남쪽 하늘을 향해 세배를 시키곤 했다.

생존해 계실 때의 부모(편저자 삽입)

"할아버지, 할머니 세배받으십시오."
"통일되는 그날까지 오래오래 살아 계십시오."

남쪽으로 끝없이 열린 허공간을 대고 단 한 번 본 적도 없고
애무에 넘친 그 무릎 위에 다른 집 애들처럼 앉아 본 적도 없는
아이들이 엎드려 큰절을 올리는 모습을 보며 아내의 두 눈에도
소리 없이 더운 이슬이 맺힌다. 나는 마음속으로 이제 한 살을
더하게 될 부모님들의 연세를 헤아려 본다. 우리가 헤어질 때
아버지의 연세는 마흔여섯이었고 어머니의 연세는 서른일곱이
었다. 그 나이에 갈라져 산 세월 40년을 합쳐보며 그 어떤 날카
로운 칼날이 가슴을 찢는 것 같은 모진 아픔을 느낀다. 어떻게
지금껏 살아 계시리라 믿을 수 있을 것인가. 세월은 내 가슴을

피가 흐르도록 찢어발기며 또 한 해를 보낸다. 이 세상에 이런 아픔을 누를 그런 기쁨, 그런 행복이 있을 것인가. 있어야 할 것이 없어 그것으로 하여 언제나 비어 있는 마음의 이 공허를 그어떤 행복이 황금의 소나기처럼 쏟아진대도 과연 메꿀 수 있을 것인가. 그것은 오히려 그 아픔을 더해 줄 따름이다.

나는 조용히 눈을 감고 지금은 여든여섯이 되고 일흔일곱이 되셨을 부모님들의 모습을 그려본다. 그 어떤 상상력과 영감이 기적처럼 내 머리에 번개 친다 한들 40년의 기나긴 세월 속에서 변해버린 부모님들의 얼굴 모습을 그려낼 수 있을 것인가. 내 눈앞에 지금의 내 나이보다 거의 10년 아래인 아버지 모습, 거의 20년 아래인 젊은 어머니 모습만이 그 모질고 무정한 세월도 실어 가지 못하고 그날처럼 사랑에 젖은 눈매로 나를 굽어보고 있는 것이다.

● 다음 세대까지는

직업적인 창작의 길에 들어선 지도 어언간 30년이라는 세월이 된다. 이제는 내 나이도 50대의 고갯마루 위에 올라섰다. 갓 태어난 첫딸 혜심이를 병원에 안고 광장을 가로질러온 그때가 어제만 같은데 그 아이가 지금은 벌써 평양공업대학을 졸업하고 식료기사로 일하고 있다. 맏아들 설익이도 평양연극영화대학 창작학부를 졸업하고 한 중앙기관의 지도원으로 사업하고 있다. 둘째 아들 설림이는 인민군대에 나가 있고 막내딸인 은하는 평양 시범대학을 지금 다니고 있다. 저녁이면 한자리에 모여 앉아 요즈음에 쓴 시들에 대한 의견도 서로 나누고 저마다 자기의 전망과 목표를 놓고 이야기를 주고받는 화목하고 단란한 나의 집, 독립적으로 떼어놓고 본다면 나는 남부럽지 않은 행복한 가정을 가졌다고 말할 수 있고 나 개인을 놓고 볼 때에도 별로 창작에 이렇다 하게 세운 공로는 없지만 수많은 높은 훈장과 함께 공화국의 최고상인 '김일성상'을 수여 받는 무상의 영광까지 지니었다. 그러나 나는 내가 여기서 마련한 가정을 단 한 번도 옹군가정이라고 생각해 본 적이 없다. 혈육이 갈라져 있는 분열된 땅에서 나의 가정도 역시 분열된 가정인 것이다.

아이들도 이제는 다 커서 내가 이날까지 가슴에 지니고 살아온 그 아픔을 서서히 자기 아픔으로 받아들이고 있다는 것을 육감으로 느낄 때마다 생각이 깊어진다. 그 어떤 표상도 없는 아버지의 고향이며 단 한 번도 만나본 적 없는 혈육들이지만 피는 속일 수 없는 것이다.

제13차 청년학생축전이 있은 후 진행한 국제평화대행진에 참가하여 쓴 시의 초고를 본 아이들은 20대, 30대에 쓴 시들보다 조국 통일을 갈망하는 시인의 절절한 감정이 부족하다고 비난했다. 그 비판은 나로 하여금 분단 조국의 제2대로서 민족 숙원의 무거운 짐을 자기들의 어깨로 스스로 걸머지려는 자각을 다시금 보게 하며 결코 그렇게 되지 말기를 굳이 바랐건만 그것이

엄연한 사실로 되어 가고 있는 오늘의 비극적인 현실을 다시금 통감하게 한다.

25년 전 내가 쓴 어느 시에서 경상도가 고향인 친구의 어머니가 고향에 두고 온 자식들의 이름을 부르며 눈을 감지 못하고 운명한 사실을 말하면서 이런 기막힌 불행이 우리 세대에는 절대로 되풀이되어서는 안 되며 결코 그렇게 될 수 없다고 토로했었다.

그러나 설마 그렇게까지 요원하랴 생각했던 통일은 내 머리가 백발로 되어 가는 지금까지 우리에게 오지 못하고 있다.

더 이상 지체할 수 없고 우리 세대에 기어이 벗어버려야 할 통일의 짐을 아직도 진 채 내 삶의 발자국은 1980년대도 다 보내고 현세기의 마지막 연대인 1990년대의 문을 열고 들어가고 있다. 1995년이면 조국이 분열된 지 반세기가 된다. 우리는 절대로 이 1990년대를 그냥 넘겨서는 안 되며 또 넘길 수도 없다. 그날에 나의 발자국은 내 어린 시절 찍힌 함평 땅 월송리의 골목길과 탐진강 강가와 다도해의 모래불[2]에 찍혀져야 한다. 나는 그날을 믿으며 통일을 염원하는 온 민족이 단합된 힘으로 그날을 기어이 찾고야 말 것을 굳게 믿으며 몇 해 전 소련에서 가족 휴양을 보내던 그 나날 흑해의 모래불 위에서 쓴 「나아 발자국」이라는 한 편의 시를 수기의 마지막에 적어본다.

---

2) '모래부리'의 북한말.

모래불에 찍혀진

발자국을 본다

한 생의 행로가 이어져 오는

나의 발자국

어린 날에 맨발로

내 고향 남해의 기슴에 찍혀졌고

낙동강의 불타는 모래불을 거쳐

비 내리던 전호에도 새겨져 있는

나의 발자국

영예의 연단에도 올라서 보았고

발밑에 천 길 나락이 아찔한

위험한 삶의 벼랑 끝에 놓이기도 했던

발자국

때로는 웃으며

때로는 흐느끼며

오십여 년 살아온 세월

내 안 가본 길이 없는 그 발자국

어찌 알았으랴

오늘은 이 흑해의 모래 위에 찍혀질 줄을

하나

흑해여, 알아다오

너를 찾아 모여드는

수많은 휴양객의 발자국과

결코 섞여질 수 없는 이 내 자국임을

나의 발자국

지워질 수 없게 찍혀져야 할

그런 땅

그런 모래불이 나에겐 따로 있나니

위대하고 영광이 찬 빛발을 안고

내 어린 시절의 작은 자국 위에

큰 자국을 덧놓아야 할

그곳은 내 고향의 바닷가

통일된 남해의 모래사장이어라.

2부

———

서곡

동생이 북한에 살아 있다는 소식이 전해지자 재외 교포로부터 많은 연락이 왔다. 이북과 왕래가 비교적 수월한 자기들이 우리의 안타까운 사정들을 돕겠다는 것이다. 이것은 청천벽력 후 잔잔한 희열의 물결이었다. 그중 내 처조카 되는 문승규 교수는 우리에게 참으로 헌신적이었다.

　그는 미국에서 학위를 한 뒤 1980년대에 캐나다의 매니토바 농대(University of Manitoba)에 재직하고 있었는데 유교 가정에서 자라 조상 숭배가 깍듯했다. 나보다는 나이가 5살이나 위였지만 집안 촌수를 유난히 따지며 나에게 고숙이라고 정중한 편지를 해준 인정 많은 처조카였다. 그가 아니었으면 이복동생과 서신 왕래를 하거나 그곳 가족을 사진으로 보지 못했을 것이다.

문승규 교수의
편지

● **고숙(고모부)께 올립니다**

1월 23일자의 하서(下書) 및 가족사진, 감사히 받았사오며 강진[3] 기사도 다 잘 읽었습니다. 다만 이곳에 2월 28일에야 도착한 탓으로 제씨(弟氏)에게는 보내드리지 못하고 현재 제가 보관하고 있는 중이온데 그분(《뉴 코리아 타임스(New Korea Times)》의 김충림 사장)이 4월 중순에 또 그곳으로 갈 예정으로 있사온지라 그편에 꼭 보내겠으니 하량(下諒)하시기 바랍니다.

그분이 떠나기 전에 잘 부탁하여 놓았사오니 아마 시간을 내어서 만나보고 오리라고 생각되오며 3월 중순 귀소(歸巢)하는 대로 저에게 전화 연락 주기로 되어 있습니다. 3월 23일에 마침 토론토에서 모임이 있어 그때 그분을 만나게 되겠습니다.

저희들은 모두 잘 지내고 있습니다. 마침 익주[4]아(益柱兒)는 오는 3월 23일 저녁에 서울 예술의 전당에서 고려심포니와 협연

---

3) 영재가 소년기에 지낸 오 씨 종가 마을.
4) 문 교수의 큰아들, 미국 인디애나 대학에서 음악으로 석사를 마치고 줄리어드 음악학교 대학원에서 박사를 받았음.

하기로 되어 있어 그 무렵에 (한국으로) 귀국하게 되겠사오며 서린호텔에 묵게 될 것으로 생각하고 있습니다. 익주모(益柱母)와 자부는 아기 때문에 귀국하지 못한다고 합니다. 아무쪼록 고숙 내외께서 참관하시어 많은 격려 있으시길 바랍니다.

거반[5] 전화에 고숙 내외분께서 7월경 이곳(미국)에 오실 계획인 것으로 들었는데 아마 그때엔 저희들은 로스앤젤레스에 가 있게 되겠사오니 꼭 뵙게 되기를 바랍니다. 어떻든 토론토에서 소식 오는 대로 제가 전화를 드리든지 글월을 올리겠습니다.

고숙 내외분, 건강하심과 댁내 여러분의 강녕하심을 빌며 오늘은 이만 줄입니다.

1991년 2월 26일

조카 승규 상서

● 근계(謹啓)

오랫동안 격조하였습니다. 지난 3월 22일에 제씨께 편지를 낸 후 여태 기대하고 있었는데 마침 지난 주말에 어머님께 드리는 편지와 함께 헌시(獻詩) 그리고 큰따님 결혼식 때 찍은 전 가족 사진을 보내왔기에 얼마나 기뻤는지 모르겠습니다. 그런데 통일

---

5) '지난번'이라는 뜻.

원으로부터 정식 허가가 없으면 수신자가 고생을 하리라고 해서 앙송(仰送)하지 못하고 제가 보관하고 있습니다. 아직 허가를 안 받으셨으면 곧 받도록 하시고 이미 받으셨으면 곧 연락을 해 주십시오. 제가 앙송하여 드리겠습니다.

한편 토론토에서 그곳에 간 분이 제씨댁[6]에 가서 비디오를 찍어 왔다는 바 VHS로 재녹화하여 근간 보내온다는 소식이 어제 왔기에 이것도 제가 보관하고 있겠습니다.

LA의 김영희 씨를 통하여 본댁 소식은 상세히 잘 알고 있었으며 이제 미주에 있는 조카[7]들과 만날 날을 기대하고 있겠다는 이야기였습니다. 그곳에 갔다 온 분께서 말하시기론 아파트도 퍽 좋은 편이었고 자녀들이 모두 독방을 하나씩 차지하고 있었으니 생활에 조금도 옹색함이 없어 보였다고 합니다.

제씨의 주소와 전화번호는 아래와 같습니다.

평양시 만경대구역 ○○동 ○○반 (○-○호동) ○현관 ○층 ○호
전화 ○○○○○

저희들은 모두 잘 지내고 있습니다.

고숙 내외분과 노사부의 그리고 가족 여러분이 모두 더욱 건

---

6) 평양에 있는 동생 영재 집.
7) 미주에 있는 내 아들 삼 형제.

안하시기를 빌면서 오늘은 이만 줄입니다.

1991년 7월 1일

조카 승규 상서

● **고숙께 올립니다**

7월 30일자의 혜서(惠書) 반가이 받고서도 이처럼 늦게야 회신을 드리게 되어 죄스럽습니다. 두 번에 걸친 1개월여의 병원 생활에서 벗어나 집에 돌아온 지가 3주일째 되어 갑니다. 차분히 앉아서 편지를 쓸 만한 마음의 여유가 도무지 생기지 않아서 이처럼 늦었사오니 용서하시기 바랍니다.

말씀하신 대로 이곳은 제씨의 편지와 가족사진을 동봉하오며 또 따로이 이곳 《뉴 코리아 타임스》의 김충림 사장이 제씨댁에 가서 찍은 가족사진과 비디오를 앙송하오니 혜량(惠諒)하시기 바랍니다.

지난 7월에 오셨다는데 잘 연락이 되지 못하여 참으로 섭섭했습니다. 이제는 겨우 일어나서 기동도 하고 더러 집 가까이에 있는 공원에도 그저 한 20분 정도 나가서 앉았다 돌아오곤 합니다만 대부분 시간을 아직도 침상에서 보내고 있는 형편입니다.

이번 투병 생활에서 여러 가지 것을 많이 배웠으며 특히 모차르트와 같은 음악가를 이 세상에 보내주신 하나님께 거듭거

듭 감사하지 않을 수 없었습니다. 3차 대전이 나면 무엇이 제일 걱정스럽냐는 질문에 "모차르트를 들을 수 없으니 얼마나 슬픈 일인가"라고 대답하였다는 아인슈타인의 심중의 일부가 요즈음에야 이해가 가는 듯합니다.

아직 제씨에게 답신을 내지 못하고 있습니다만 지난 8월에 다녀온 김충림 씨 편에 의하면 온 식구가 모두 건강하고 잘 지내고 있다는 소식이오니 안심하시기 바랍니다.

그러면 오늘은 이만 줄이옵고 고숙 내외분의 건강하심과 노사부인께서 더욱 강녕하시기를 빌면서 그치겠습니다.

1991년 9월 5일
조카 승규 배상

문승규 박사를 통해 받은 동생, 영재의 시를 올린다.

이 시는 그가 1960년에 평양 작가학원을 졸업하고, 1963년에 결혼한 후 평양에서 작가로 자리를 굳힌 뒤 1964년 어머니를 그리며 쓴 시이다. 집에 초등학교 때의 사진을 남기고 간 어린 동생이 쓴 시라고 생각되지 않는다.

어머니에게 띄우는
편지

사진은 오영재가 집에 남겨둔 초등학교 친구들 사진이다. 둘째 줄 우측이 오영재 시인

1.

어머니에게 편지를 씁니다

몇 번째 써 보내는 편지인지

그것은 나도 모릅니다

보내는 편지마다

이 땅을 갈라놓은 분계선 철조망에 찢기어

저주를 안고 다시 나의 가슴에 돌아왔습니다

때로 그 장벽을 넘어 나래 쳐간 마음의 편지는

온 남녘 땅을 헤매이다가 찾은

늙으신 어머님의 머리맡에

아들의 말 없는 안부를 남기며

이내 가슴에 다시 돌아왔습니다

얼마나 오랜 세월이 우리를 갈라놓았습니까?

어머니 품에서 열여섯 해

어머니 없이 열네 해를 나는 자랐습니다

열여섯 해 동안 나의 곁에서 나를 기른 어머니는

새 옷 한 벌 해 주지 못하던 어머니였고

열네 해 동안 나의 곁에 없는 지금의 어머니는

고생 많은 그 몸에 새 옷 한 벌 감아드리지 못하는

아들의 가슴에 안타까운 어머니입니다.

용서하시라, 어머니의 연세마저 기억하지 못하는 아들을

달이 가고 해가 바뀔 때마다

가버린 또 한 해를 생각하며 이 마음은 괴롭습니다.

밤은 깊어갑니다

내가 사는 평양의 밤을 잠재우며
밖에는 흰 눈이 내리고 있습니다
붉고 푸른 무궤도 전차의 불빛이
수은등 빛나는 거리를 달려갑니다
아름다운 대동강가에 자리 잡은
아파트 5층 불 밝은 책상 앞에서
머지않아 돌을 맞을
딸애를 잠재우며, 어머니 손녀를 잠재우며
끝맺을 길 없는 이 기나긴 편지를 씁니다
대답 없는 어머니를 부르고 부르며

희미하게 멀어져 가는 안타까운 모습이여
어머니의 모습을 보며, 어머니 손길을 느끼는
그 어느 것 하나도 지금은 나에게 없고
다만 파도 높은 고향의 바다 기슭
해 질 무렵 비 오는 창가에서 나를 업고 서성거리며
나직이 불러주던 자장가와… 밤을 새우던 물레질 소리
열에 들뜬 나의 머리맡에서 물오이를 깎아주시던
그 손길만이 나의 가슴에 남았습니다.

젖먹이 누이동생을 업고
이 아들을 찾아온 칠 십리 길… 야영훈련소의 은행나무 밑

의용군 복장을 한 아들을 보며 웃으며

몸 성히 싸우고 돌아오라 이르고 돌아서 간 칠십 리 길…

석양이 뉘엿뉘엿 저물던

그 먼지 낀 신작로 길로 멀리 사라져 가던

아아, 마지막으로 보던 어머니 모습이여

그 밤 어두운 길을 무사히 가셨습니까…

2.

열네 해나 어머니 품에서 떨어져 사는
이 아들은 외로움을 모르고 지냅니다
그러나 가장 행복한 순간이면
어머니는 때 없이 나의 가슴을 찾아오셨습니다
잊을 수 없던 그 봄
내가 대학에 입학하던 날
나는 뒷산 잔디 우에
어린애처럼 볼을 대이고, 미어지는 가슴을 달래며
오래도록 어머니와 이야기를 나누었습니다

- 어머니는 오늘부터 대학생의 어머니입니다
내 철없을 때, 들은 말이
불현듯 그 순간에 되살아 올랐습니다
… 어느 여름밤, 쑥불로 모기를 쫓으며
한집안 식구가 평상 우에 누워 자던 밤
내가 잠든 줄만 알고
온종일 일하기에 피곤하여 잠든 줄만 알고
어머니와 아버지는 몰래 늦도록 이야기하셨지요

학교가 그처럼 가고 싶었던 이 아들을 두고
학비를 댈 수 없는 구차한 집 살림에 긴 한숨을 쉬며
- 저 애는 집일이나 착실히 시키자고…

어머니여! 나는 그날 밤 잠을 이루지 못하였습니다
그것은 어머니의 말 못 할 괴로움을
아들의 마음으로 아파하며
철없이 부려오던 이 어리광을 후회하는 마음에서였겠습니까
내 눈비를 가리지 않고 나무를 해서라도
늘그막에나마 어머니를 마음고생 없이 모시고 싶은
그런 즐거운 생각에서였겠습니까…

아, 그러니 지금은 철이 들어 어머니를 모시게 되었건만
어머니여, 어찌하여 지금 내 곁에 없습니까
내가 사는 집, 내가 쓰는 모든 것
내가 먹는 하루 세끼 더운밥이
어찌하여 다만 나의 것으로만 되어야 합니까
아침저녁 다니는 눈 덮인 가로수길
꽃 전등 밝은 명절의 밤
새벽을 기다려 온 조국이 잠을 모르던 선거의 전야와
광장에 흐르는 시위의 물결
만세의 환호성

울리는 노랫소리

춤추는 아이들

햇빛 밝은 조국의 하늘과 땅이

어찌하여 이 불초한 아들의 것으로만 되어야 합니까

나의 마음은 그때마다

어머니를 부르며 부르며

저 행복한 물결 속을 헤매었습니다

그러나 부르는 소리는

환호의 꽃보라 속에 묻혀버리고

어머니는 여전히 남해 기슭, 비린내 나는 바닷가에서

바스라기를 주우며 바다풀을 건지며

발목에 짠물이 잠기는 그 기슭을 따라

멀리멀리 가고만 있었습니다.

3.

새날이 밝아 옵니다
거리에서는 다섯 시 방송이 울립니다
이 아들이 밤새워 부르는 이 목소리
어머니는 듣고나 계시온지…
아, 마지막으로 아들의 이름을 불러보며
이미 가버린 어머니를
이렇듯 헛되이 붙잡고 이 밤을 새운 것은 아니옵니까

날이 갈수록
행복에 겨운 이 한 가슴이 차고 넘칠수록
어머니를 위하여 남기어 놓은
마음 한구석이 가슴에 아프도록 저미어 옵니다
이 허전한 마음의 한구석을
과연 무엇으로 채울 수 있단 말입니까
땅이여, 바다여, 무한의 하늘이여
무변광대한 이 세상의 그 무엇이
과연 나의 빈 가슴을 채워줄 수 있단 말입니까

아아, 그것은 하늘과 땅이 부딪치는

백주의 번개로도 우레로도 채울 수 없으리라

통일되어 내 고향에 돌아갈 때

어머니여, 어머니의 가슴에 안기는 순간의

내 가슴에 차고 넘칠 그 크나큰 감격도

순간에 나의 가슴을 다 채워주지는 못할 것입니다

아, 메밀꽃 하얗게 핀 고향의 밭머리

가물거리던 올이 굵은 그 머릿수건이여

어머니를 찾는 아들의 부름에

〈왜야-〉 나직이 대답하시던, 정에 어린 고향의 사투리여

다시금 느껴보고 싶어라 어머니여

어린 시절 여름날에 강변에서

나의 몸을 씻어주시던 그 손길을…

바치렵니다

나의 힘도, 나의 슬기도

나의 심장, 나의 숨결, 나의 목숨도

통일의 그날을 안아올 그 길 우에 바치오리다

기다리시라, 살아 계시라

그러면 내 기어이 달려가리라

대나무 우거진 그 오솔길에서 어머니 품에 안기리라

어머니 머리 우에 동이 트리다

대숲은 세차게 설레이고
온 천지는 눈부신 햇발로 덮이리이다
아, 그날을 믿으며
어머니여, 그날까지 굳세게 살아갑시다

1964년

나는 그가 어머니를 그렇게 그리워하고, 애정결핍으로 늘 가슴 한편에 찬바람을 안고 살았다는 걸 모르고 지낸 것이 너무 미안했다. 나는 그의 글을 읽으면서 처음으로 그가 여름밤 쑥불을 피워놓고 평상에 누워서 우리가 잠들었을 때 부모님이 "영재는 진학을 시키지 말고 집안일이나 착실히 시키자."라고 하는 말을 들었음을, 알게 되었다. 정말 그런 일이 있었는가? 믿어지지 않는 일이었다. 그래서 그는 이북이라도 가고 싶었다는 말인가?

1990년 그의 생사를 분명히 확인한 후 그리고 그의 시를 읽고 난 후 그가 받았던 상처를 잊을 수가 없었다. 불현듯 그 상처가 나를 괴롭혔다. 그 일이 없었다면 그와는 헤어지는 일이 없었을까? 그 상처는 누가 만들어준 것이었을까? 아버지인가, 동생인가? 이북에서 혼자 고독하게 살고 있을 때는 그보다는 더한 상처를 안고 살지 않았을까? 그러면서 다음과 같은 성경 묵상의 글을 쓴 일이 있다.

> 부모들은 자녀의 감정을 건드려 화나게 하지 말고 주님의 훈계와 가르침으로 잘 기르십시오.
>
> — 에베소서 6:4(현대인의 성경)

이 글은 1998년 내가 처음으로 낸 묵상집 『오 신실하신 주』에 실려 있는 간증의 글이기도 하다. 아버지는 동생을 사랑하셨다. 그러나 주님의 훈계로 가르치지 못하셨다. 또한, 동생도 아버지를 사랑하였다. 다만 어머니의 사랑을 믿고 반항하고 치기를 부렸던 것 같다. 그가 아버지께 돌아오기 전에 아버지는 세상을 뜨셨고 그것이 어머니를 더 의지하고 그립게 했는지 모를 일이다.

1937년 장성공립보통학교에서. 중앙, 아버지에 안겨 있는 오영재.
이렇게 고생하며 기른 아들을 어떻게 미워할 수 있었겠는가?

무엇이 주님의 교훈인가? 그것은 차곡차곡 쌓아 올린 지식이나 경험이 아니다. 한순간에 하나님께서 주신 지혜다. 그는 내가 아버지의 성격을 물려받았다고 하는데 나는 그가 아버지의 성품과 성격을 많이 닮았다고 생각한다. 저돌적이고, 몰입하면 물불을 가리지 않고, 성질이 급하고… 그런데 이북에서는 치솟는 분노를 어떻게 참아냈을까? 어머니 없는 이북에서는 어머니께 어리광을 부리지도 못하고 속으로 삭이며 끓어오르는 한(恨)을 시로 토해냈으리라고 생각한다.

이곳에 내가 그런 동생을 생각하며 성경 말씀을 읽으며 묵상했던 간증문을 올린다.

동생을
회고한다

운동장에서 와자지껄 싸우는 소리가 들려 왔습니다. 싸움이 크게 났다 하면 으레 제 동생 영재가 그 속에 끼어 있을 때가 많았습니다. 아니나 다를까 학생 하나가 교장 관사로 뛰어와서 제 동생이 코에서 피가 나고 있다고 말했습니다. 어머니가 급하게 뛰어나가 동생을 데려오고 등을 두들기며 왜 또 싸웠느냐고 애가 탄 목소리를 냈습니다. 이내 학교에서 아버지가 오셨습니다. 그리고 동생은 바지를 걷고 무섭게 맞았습니다. 그러나 그는 울지도 않았으며 잘못했다는 말을 끝까지 하지 않았습니다. 그것이 아버지를 더 노엽게 했습니다. 아버지는 초등학교 교장으로 학생들에게 싸우면 안 된다고 늘 훈계했는데 막상 아들이 싸웠기 때문에 매질로 그렇게 본을 보여야 했던 것 같습니다.

그날 저녁 그는 휙 집을 나가서 돌아오지 않았습니다. 어머니는 애가 됐지만 찾으러 나가지 못했습니다. 감싸면 더 나쁜 짓을 하게 된다는 아버님의 말씀 때문이었습니다. 우리는 아버지를 무서워했습니다. 사범학교에 다니실 때 육상 선수도 했고 응원단장도 했었는데 성질이 너무 거칠고 사나워서 아버지에게 맞아 고막이 터진 동료도 있었다는 말을 들은 적 있었기 때문이었습니다. 어머니를 비롯한 우리는 눈치만 보고 있었습니다. 동생이 갈 곳은 한 군데밖에 없었습니다. 2㎞쯤 떨어진 시골 큰댁이었습니다. 그러나 전화도 없는 때여서 확인할 길이 없었습니다. 동생은 한없이 너그러우면서도 어떤 일에 빠져들면 물불을 가리지 않는 성미였습니다.

그가 초등학교에 다니기 전이었습니다. 2m쯤 되는 절벽 위에서 그와 나는 땅에 던져진 게 껍데기를 돌로 맞히는 일을 하고 있었습니다. 누가 명중하나 경쟁에 열중하자 그는 고개를 담 밑까지 깊숙이 밀어내어 돌을 던지다가 땅으로 곤두박질을 하였습니다. 어머니는 피가 흐르는 그를 병원에 데려가지도 않고 된장을 발라 낫게 했습니다. 그래서 오른쪽 눈썹에 큰 흉터를 갖게 되었습니다. 우리는 두 살 터울이었는데 경쟁심이 강한 그는 저와 치고 박고 잘 싸웠습니다. 어머님이 말리면 동생이라는 이유로 참는다고 씩씩거리며 숨을 몰아쉬었습니다. 그러면서도 제가 밖에서 얻어맞고 왔다는 것을 알면 나이의 고하를 묻지 않고 원정하여 싸우고 왔습니다. 그리고 그 소문이 나면 또 아버지께 맞았습니다. 그는 그럴 때마다 아버지는 자기만 미워한다고 말했습니다. 그런 생각은 우리가 영영 헤어지기(한국 전쟁)까지 그의 뇌리를 떠나지 않았다고 생각합니다.

어머니는 저녁을 먹고 우리가 잠들 때쯤 밤길을 걸어 큰댁에 가서 동생을 설득해서 데려왔습니다. 그리고 먹을 것을 준비해

놓고 어머니는 동생을 특별히 더 사랑한다고 말했습니다.

중학교에 들어가자 동생은 소설을 쓴다며 글 쓴 걸 나에게 가져와 들려주고 브라스밴드부에 들어가 악기를 연주하며 지휘하는 방법도 나에게 가르쳐 주었습니다. 그러다가 6·25를 맞았습니다. 그는 차출되어 시골을 다니며 밴드부와 함께 적색 노래를 지도하는 데에 끌려다녔습니다. 아버지와 나는 시골 친척 집에 가 있었고 어머니는 반신을 못 쓰는 할머니와 두 살짜리까지 있는 우리 밑으로 5남매를 거느리고 혼자 계셨습니다. 동생은 먹을 것까지 궁핍한 어려울 때가 되자 자기 하나쯤 없는 셈 치라며 갑자기 인민군에 지원해서 떠났습니다. 그렇게 하면 식량 배급을 준다고 했다는데 그런 배급을 받은 것 같지 않습니다. 어머니는 그가 인민군 기초훈련을 받는다는 곳에 가기 위해 편도 칠십 리도 더 되는 길을 한 살짜리 어린 딸을 업고 6월의 더위 속에 면회하러 갔습니다. 그때도 그는 연소한데도 만류하는 어머니의 말을 듣지 않았습니다. 그것이 그를 만난 마지막이 되고 남북으로 갈라졌습니다. 영재가 을해년 돼지띠여서 돼지꿈을 꿀 때마다 늘 아들을 그리워하던 어머니도 꼭 아들을 만난 뒤에 죽겠다고 다짐하셨는데 갑자기 몸이 쇠약해지자 말을 못 하게 되시더니 한마디 유언의 말씀도 못 남기고 떠나셨습니다. 그러나 그 상황을 보고 자란 저는 아들을 노엽게 한 대가를 너무 아프게 치르고 있다는 생각을 하게 됩니다.

어머니는 미국에 있는 민문예협의 발기인이었고 초대 회장이었던 김영희 씨에게 국제 전화로 고맙다는 인사를 했는데 1991년 6월 3일 자, 아들 영재의 친필 편지를 받게 되었다.

생존해 계신
어머니에게

- 둘째 아들 영재가 편지를 올립니다

> 어머니에게 둘째아들 영재가 편지를 올립니다
> 어머니가 팔순이 다 된 나이에까지 생존해 계시나니
> 우주천지를 새로 얻는듯 반갑습니다.
> 무엇부터 어떻게 말씀을 드려야하겠나요. 그동안 쌓
> 였던 그리움과 그 동안에 내가 지나온 그 모든 생활을 어
> 떻게 말했으면 좋겠습니까.

어머니가 팔순이 다 된 나이에까지 생존해 계시다니 우주 천지를 새로 얻는 듯 반갑습니다.

무엇부터 어떻게 말씀을 드려야 할까요. 그동안 쌓였던 그리움과 그동안 내가 지내온 그 모든 생활을 어떻게 말했으면 좋겠습니까? 민문예협에서 주관한 《통일예술》 창간호에 제가 쓴 '회상기'를 집에서도 보셨다기에 그동안의 저의 인생행로를 대체로나마 알 수 있겠다, 생각하며 구체적인 이야기는 더 쓰지 않겠습니다. 어머니가 살아계신다는 그 자체만으로 저에게는 어머니가 한없이 고맙고 이제는 머지않아 만날 수 있다는 그 희망으로 하여 저의 생활은 즐겁습니다.

로스앤젤레스에 사는 김영희 선생에게 보낸 형의 편지와 어머니와 한 전화를 녹음한 것, 그리고 가족사진 등을 받아 어머

니의 목소리를 들어보았고 어머니와 형제들의 모습도 보았으며 또 얼마 전에 문승규 선생님께서 보내주신 어머니의 편지와 사진까지 보아 이제는 만나 본 것이나 다름없는 생각입니다.

세상에 어머니 없는 자식이란 없건만 저에게도 남과 같이 낳아 길러준 어머니가 있다는 것이 어쩐지 믿어지지 않을 정도이고 지금도 꿈만 같습니다. 헤어져 산 긴 세월, 생시에도 눈을 감고 어머니 얼굴을 그려보았고 꿈에도 자주 보았지만, 그 누구의 얼굴보다도 가장 선명하게 떠오르지 않아 안타까웠는데(그것은 아마도 화가가 제 어머니의 초상화만은 그리지 못하는 것과 같은 이치라 하겠지요) 어머니의 사진을 받고 보니 막혔던 세월의 운무가 한 겹 두 겹 걷히면서 헤어질 때 마지막으로 뵈온 그 모습이 점차 석연해지는 것 같습니다. 그래서 다시는 그 얼굴을 놓치지 말자고 아침저녁 어머니 사진을 보며 눈에 익히고 있으며 미주에서 보내온 전화 녹음을 다시 들으며 어머니의 목소리를 귀에 익히고 있습니다.

지난달 5월 4일(음력 3월 21일)에는 처음으로 어머니 생일을 축복하며 온 가족과 가까운 벗들이 집에 모여 앉아 어머니의 건강과 장수를 위해 축배를 들었습니다.[8] 모두 다 생각 깊이 눈굽[9]을 적시며 이런 축원을 받고 있는 어머니는 오래 사실 것이며

---

8) 영재는 어머니 생일을 음력으로 모신다고 알고 있었던 것 같음.
9) '눈의 안쪽 구석이나 눈의 가장자리'를 뜻하는 북한말.

통일된 다음에 꼭 만날 수 있을 것이라고들 말했습니다. 6월 8일에는 아비지의 10년제(비록 한 해가 더 지나긴 했지만)를 지내려고 합니다.

아버지를 제가 마지막을 뵈온 것은 강진읍에서 훈련을 받고 있을 때였습니다. 저를 찾아오신 아버지는 읍에 있는 음식점에 데리고 가시어 속을 넣은 빵을 배불리 먹여주셨습니다. 아! 아버지께서 지금껏 생존해 계시면서 제가 여기서 무사히 살아서 잘 지내고 있다는 것을 아신다면 얼마나 기뻐하시겠습니까? 있지도 않은 공연한 소문을 듣고 저 때문에 마음고생을 하시다가 가버린 아버지를 생각하니 가슴이 아픕니다. 아버지는 우리 7남매를 공부시키느라 고생도 크셨습니다. 아버지가 나를 미워한다고 울면서 어머니에게 행패를 하던 군동국민학교의 그 마당이 생각납니다. 그때는 참 철이 없었습니다. 사실 아버지는 우리 형제들 중 그 누구를 편애하시지도 않았습니다. 아버지는 선량하고 웅심 깊고 근면하고 양심적인 교육자였습니다. 그 성품을 아버지는 승재 형에게 다 물려 준 것 같습니다. 저는 여기서 형님의 편지들과 의미 깊은 사진들을 보며 그것을 느꼈습니다.

제가 고향에 있을 때 제일 가까웠던 형제들은 승재 형과 형재 동생입니다. 근재와 홍(찬재)은 너무 어렸고 필숙이와 영숙이는 저를 전혀 기억하지 못할 것입니다. 다 살아 건강하게 있는 모습을 보니 자식들을 그렇게 키워오고 보호해 오신 아버지와 어머니의 말 없는 수고를 생각하게 됩니다. 저의 소식을 들으니

좌측부터 승재, 윤정수, 고정자, 필숙, 이신자, 문수원, 형재, 근재.
편지에 가족 이름이 많아 편저자가 참고로 올린 사진임.

한이 풀린다고 말씀하신 것처럼 저도 어머니를 비롯하여 다 잘 있는 혈육들을 보니 한이 풀리고 더 건강하고 생활도 잘하며 꼭 만나보아야겠다는 생각 날이 갈수록 간절합니다.

문수원 형수님과 고정자, 이신자, 백신자 제수님들에게도 어머니를 오래도록 건강하게 모셔온 데 대하여 감사를 드립니다.

윤정수, 박찬용 매부들에게도 인사를 보냅니다. 철이, 석이, 현이, 지희 조카들과 주영, 순영, 세영, 장욱, 지영, 일선, 시정, 조카들 필현, 승현, 대우, 현우, 민우 조카들도 보고 싶습니다.

이승하, 윤수미 조카며느리, 김성종 조카사위(부름이 제대로 맞는지 너무도 친척 관계에 대해서는 무관계했기에… 정확지 못할 수 있습니다)도 잘 있고 은영, 혜영이도 잘 자라고 있으리라 믿습니다. 병채 아재는 어디서 무슨 일을 하고 계시는지 인사를 전해 주십시오.

어머니를 찾은 반가운 심정을 안고 6편의 시로 된 시초를 묶어 《통일예술》 2호에 실으려 미주에 보냈습니다. 책이 나오면 보실 수 있기에 그중 한 편만을 여기에 적어 보냅니다.

늙지 마시라
더 늙지 마시라, 어머니여
세월아, 가지 말라
통일되어
우리 만나는 그날까지라도
(…)

아들 영재 올립니다.

1991년 6월 3일

3부

사모곡

다음에 올리는 시는 북한에서 발표된 게 아니고 LA에서 발행하는 《통일예술》 제2호에 발표된 것이다. 《통일예술》은 미주민족문화예술 인협회가 남북한 민족 문학 작가들의 공동작품을 모아 펴낸 잡지인데 제2호로 잡지는 종간되었다.

그 글에 앞서 한남대학에 계시던 서의필(John N. Somerville) 목사가 1997년에 유진벨재단 이사로 이북을 방문해서 동생 가정에 들러 찍어 온 사진도 참고로 올린다.

아,
나의 어머니(연시)

– 40년 만에 남녘에 계시는 어머니의 소식을 듣고

1. 고맙습니다

생존해 계시다니
생존해 계시다니
팔순이 다 된 그 나이까지
오늘도 어머님이 생존해 계시다니

그것은
캄캄한 밤중에
문득 솟아 오른 햇님입니다.
한꺼번에 가슴에 차고 넘치며
쏟아시는 기쁨의 소나기입니다.

그 기쁨 천근으로 몸에 실려
그만 쓰러져 웁니다.

목놓아 이 아들은 울고 웁니다.
땅에 엎드려 넋을 잃고
자꾸만 큰절을 합니다.

어머님을 이날까지
지켜준 것은
하나님의 자비도 아닙니다.
세월의 인정도 아닙니다.
그것은 이 아들을 다시 안아보기 전에는
차마 눈을 감으실 수 없어
이날까지 세상에 꿋꿋이 머리 들고 계시는
어머니의 그 믿음입니다.
그 믿음 앞에
내 큰절을 올립니다.

어머니 고맙습니다.
어머니 고맙습니다.

2. 아들의 심정

한 해 한 해 더해간

어머니 나이

이내 가슴속에

아픈 칼끝으로

새기며 흘러간 일흔아홉 그 나이

사흘이 멀다 하게

꿈에 보이는 어머니

이제껏 살아 계시리라

차마 믿을 수 없어

그런 날이면 온종일 울적한 심사

이 아들에게 기울이는

그 사랑의 힘으로

어머님은 이날까지 생존해 계시는데

어머님을 믿는

자식의 마음은 모자라

물리칠 길 없는 의혹과 불안 속에

이내 생각 헤매고만 있었으니

어머님, 용서하십시오.

3. 부르다 만 그 이름

한밤중에 일어나
불을 켜고
다시 보는 어머니 얼굴
미주를 에돌아
나에게 온 사진

어머니 없는
자식이 없건만
너무도 오랜 세월이 헝클어버린 생각
나에게도 어머니가 있었던가
남들처럼 내게도
정말 어머니가 있었던가

열여섯, 집을 떠나
쉰이 퍽 넘을 때까지
대답해 줄 어머니가 곁에 없어
단 한 번도 불러보지 못한 어머니
어머니
어머니

태어나 젖을 물며

제일 먼저 배운 말이건만

너무도 일찍이 헤어져 버린 탓에

부르다 만 그 이름

세상에 귀중한

어머니란 말을 잃고

그 말 앞에선 벙어리가 되어버린 이 자식

40년 만에

이 벙어리가 입을 엽니다.

어머니의 사진을 앞에 놓고

엄마!

어무니!

4. 사진을 또 보며

어머니의 눈을 봅니다.
바라보면 정이 흘러
내 마음과 하나로 되어버린
그 눈을

어머니의 손을 봅니다.
쓸어주면 따스해
내 살과 하나 되어버린
그 손을

어머니의 가슴을 봅니다.
얼굴을 묻으면 부드러워
내 몸에 하나로 되어버린
그 젖가슴을

긴 세월
마음에 움켜쥐고 온
그 눈

그 손

그 가슴

그 누가 나에게서

어머니를 빼앗을 수 있었단 말인가

분열 세력이 아무리 장벽을 높이 쌓아도

결코 갈라놓을 수 없는

어머니여

어머니와 나는

어제도 오늘도 영원히 하나입니다.

5. 목소리

로스앤젤레스와 대전
태평양을 사이에 두고
영희 회장과 어머니가 주고받은 전화
고맙게도 나에게 보내준
그 녹음테이프를 틀어서
어머니의 목소리를 듣고 있습니다.

귀에 익다 하기엔
너무도 그 목소리 삭막해
다시 또다시 또 듣노라면
멀리 흘러간 나날들을 되살려 주며
그날에 울리던
어머니 목소리
눈 오는 창가에서
나를 업고 서성이며
나직이 자장가를 불러주시던
그 목소리

내 홀로 밤길 걸어 집으로 올 때
어둠 속, 저쪽에서 나를 찾던 목소리
생일상 차려 놓고
시루떡 냄새를 몸에 풍기며
〈영재야, 일어나거라〉
나를 깨우던 그 목소리

어둑한 세월의 장막을 뚫고
울려오는 목소리
멀리 흘러 가버린
내 유년 시절과 소년 시절을
싣고 오는 소리
여닫던 고향 집의 문소리와
아침, 저녁 확독에 보리쌀 갈던 소리
연기 피는 아궁이 앞에서 짜내시던 그 눈물과
동백기름 내음새를
싣고 오는 소리
애써 더듬어서
드디어 찾이낸
어머니의 귀에 익은 목소리
이제는 내 한평생에 다시는 지워질 거냐
더는 갈라져 살지 말자

목메어 나를 부르는
어머니 목소리
통일의 햇님 안고
어서 오라, 어미 품으로
어서 오라, 어미 품으로
나를 부르는
아, 어머니 목소리!

6. 늙지 마시라

늙지 마시라.
더 늙지 마시라, 어머니여
세월아, 가지 말라
통일되어
우리 만나는 그날까지라도

이날까지 늙으신 것만도
이 가슴이 아픈데
세월아, 섰거라
통일되어
우리 만나는 그날까지라도

너 기어이 가야만 한다면
어머니 앞으로 흐르는 세월을
나에게 디오
내 어머니 몫까지
한 해에 두 살씩 먹으리

검은빛 한 오리 없이
내 백발 서둘러 온대도
어린 날의 그때처럼
어머니 품에 얼굴을 묻을 수 있다면

그다음엔
그다음엔
내 죽어도 유한이 없으리니
어머니 찾아가는 통일의 그 길에선
가시밭에 피 흘러도 아프지 않으리

어머니여
더 늦지 마시라.
세월아, 가지 말라
통일되어
우리 서로 만나는 그날까지라도

우리 가정의 소식이 여기저기 알려지자 일하는 신세대 여성지인 《월간 오픈》에서 대전으로 인터뷰를 하러 왔다.

"독자를 엄선하는 잡지, 그리하여 정선된 독자들과 사귐을 갖는 잡지가 되겠다"라는 이 여성지는 '특종, 읽을거리·볼거리' 란에 어머니의 인터뷰 기사를 실었다.

"자식들 소원은 다 들어주는 것이 어머니의 마음이야. 40년 동안 못 본 아들이 늙지 말라고 이렇게 부탁하는데 얼굴도 못 보고 죽을 수는 없지. 우리 영재 만나는 날, 그날이 곧 올 거야. 16살에 헤어진 아들도 이제 늙었겠지. 그래도 내 앞에서는 어린애지."
사흘 만에 한 번씩 어머니의 꿈을 꾼다는 시인의 어머니는 하루에도 몇 번씩 아들 꿈을 꾼다고 했다. 아들의 얼굴을 가슴에 안고 아들을 쓰다듬는 꿈을….
그 꿈이 이산가족에게 이루어질 수 없는 꿈이라면 아, 세월도, 이념도 무가치하고 비극일 수밖에 없을 것이다.

이 잡지의 인터뷰는 이렇게 끝을 맺고 있다.

어머니는 이 잡지의 1991년 6월 호를 위한 인터뷰를 위해 평생 처음으로 고운 옷을 입어 보았다. 나는 이때 막내의 오스틴대학 졸업식 참석을 위해 아내와 함께 그해 5월부터 7월까지 미국에 여행을 떠나 없을 때였다. 그래서 기사를 보고 나시 놀란 것은 그들이 영재의 초등학교 졸업장을 찍어서 올린 것이었다. 그때 졸업이 6월이었다면 그 당시까지 미국에서 쓰던 9월 학기제가 계속되었던 것 같다. 지금 나에게는 그 졸업장 사진이 없다.

북한 최고 시인 오영재 사모곡

"어머니 앞으로
흐르는 세월을 나에게 다오"

40년간 헤어져 살면서 어머니와 형제들을 그리워하는
북한 최고의 시인 오영재. 남한에는 16살 때 떠나보낸 그 아들을 기다리는 어머니의 눈물이 있다.
어머니 앞으로 흐르는 시간을 자기에게 주면 한 해에 2살씩 먹겠다는 오 시인.
사흘에 한 번씩은 어머니 꿈을 꾼다.
그런가 하면 그 어머니 역시 아들을 가슴에 안고 얼굴을 쓰다듬는 꿈을 꾸고 있다.
탱자나무 밑에서 모자가 작별한 뒤 40년 만에 전해진
'서로 살아 있다'는 소식. 그 소식이 있기까지 쌓여진 세월의 아픔!

이것은《월간 오픈》1991년 6월 호에 실린 표제와 사진이다.
위 어머니의 사진은 대전 삼성아파트 베란다에서 찍은 것이다.

우리나라는 1987년 민주화 물결로 직선제가 도입되고 제6공화국이 성립된 이래 88올림픽도 성공리에 치렀다. 노태우 정권의 북방정책으로 공산권과 화해 분위기가 무르익을 뿐 아니라 북한과의 관계도 호전되어 가고 있었다. 베를린 장벽이 무너지고, 남북 총리회담이 열리고, 1990년 초에는 남북축구가 평양과 서울에서 열렸다. 1991년 초에는 일본에서 열린 세계탁구선수권대회에 남북 단일팀이 참석했고 포르투갈에서 열리는 세계청소년축구대회에도 남북 단일팀이 참전했다. 이렇듯 동서 냉전 종식 무드가 이어지고 남북 간 화해 협력 무드가 무르익고 있었지만 우리는 우리 가족이 북한으로부터 개별적인 소식을 임의로 받을 수 없다는 것을 알았다. 그것은 캐나다의 문승규 박사로부터 연락을 받은 뒤였다. 바로 통일원에 '북한주민 접촉신고'를 하고 서신 및 물품 왕래의 허가를 받았다.

그 후 1992년 2월 재일 교포 김명수 씨를 통해 동생이 보내온 옷감과 개성인삼 10병, 동생과 제수씨의 편지 등을 받게 되었다. 인삼과 옷감 일부는 통일원 전시용으로 보낸 바 있다. 직접 선물을 받고 보니 동생이 살아 있다는 실감을 하게 되었다.

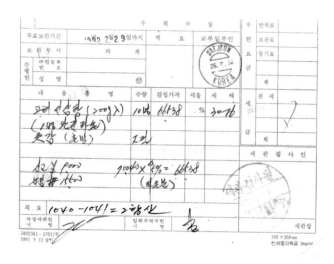

그해 4월 3일은 모친의 팔순이었다. 그전에 동생 영재와 제수 송숙녀에게서 온 편지를 올린다.

대전에 계시는
시어머님께

둘째 며느리 송숙녀

대 전에 계시는 시어머님께 이 글월을 올립니다.
가정을 이루어 30년만에 오늘에야 어머님을 찾아 뵙는 죄송
스런 마음 금할길 없습니다.
저희들이 가정을 이룩했지만 시부모님께 술한잔
부어올리지못한 불효스러운 이 둘째 며누리가 오늘 어머님
께 큰절을 올립니다.

대전에 계시는 시어머님께 이 글을 올립니다.

가정을 이루어 30년 만에 오늘에야 어머님을 찾아뵈니 죄송
스러운 마음 금할 길 없습니다.

저희들이 가정을 이루었지만, 시부모님께 술 한 잔 부어 올리
지 못한 불효스러운 이 둘째 며느리가 오늘 어머님께 큰절을 올
립니다.

수십 년 세월 마음속으로만 그려 뵈옵던 어머님의 존안을 사진으로 처음 뵈옵던 그날 설악이 아버지는 어린애처럼 온밤 소리 내며 울었습니다. 저도 아이들도 모두 울었습니다. 어머님의 사진을 들여다보고, 쓸어보고 하시며 너무 큰 충격으로 엉엉 소리 내며 우는 설악이 아버지를 도저히 달랠 길이 없었습니다.

30여 년 세월, 우리 가정의 가장 친근하고 사랑스러운 존함으로 언제나 우리 식구들의 가슴 속에 자리 잡으시고, 우리 집 아랫목에 우리들과 함께 계신 존경하는 어머님!

지난해 음력 3월 20일, 저희들은 어머님의 생신날을 기념하여 소박한 생일상을 마련하였습니다. 멀리 남쪽 하늘가를 향하여 어머님의 만년장수를 원하는 축배 잔을 돌렸습니다. 그리고 6월 8일 저녁에 살아생전 한 번도 만나 뵈옵지 못한 채 세상을 떠나가신 아버님의 제삿날을 기념하였습니다.

아버님의 사진이 없어 존함을 써 붙이고 잔을 붓고 절을 올렸습니다.

어머님! 어머님께서 손수 자필하신 편지를 보고 저희들은 다심(多心)하시고, 인정 깊으신 어머님의 음성을 직접 듣는 것과 같았습니다. 그것은 편지라기보다 이 세상 모든 어머니들이 새겨두어야 할 훌륭한 지침이고, 어머니들의 마음의 본보기입니다. 참으로 훌륭한 글이었고 작품이었습니다. 바로 어머님께서 '시인 오영재'라는 시인을 낳아 여기로 보내주신 것이라고 저는 생각하였습니다. 이름난 시인의 뒤에는 훌륭한 어머니가 계신다는 선배들의 명담도 있지 않습니까?

존경하는 어머님! 한 번 만나 뵈온 일도 없어도, '남달리 어질고, 너그럽고, 인정이 많아서 싫다는 사람 없이 다 잘 위해 주고, 잘 따르고, 배우려고 하는, 사람 좋은 사람으로 불리고 있는 설악이 아버지가 꼭 어머님을 닮으셨으리라!' 하고 제가 늘 마음속으로 혼자 생각하곤 한답니다.

어머님! 옆 사람 일을 맡아 해도 지칠 줄 모르고, 비범한 글 짓는 재간과 미묘한 기교, 깊은 침착성을 겸비한 설악이 아버지의 시적 재능은 여기 만 사람들 속에서 끝없는 존경과 경탄을 금치 못하게 하고 있다는 것을, 그런 아들을 낳아 여기로 보내주신 어머님께 자랑삼아 말씀 올리고 싶습니다. 이런 훌륭한 아드님을 내놓고 그 언제 하루 한시도 잊으신 적이 없으셨을 어머님!

열여섯 군복 입은 아드님을 마지막으로 한 번 더 보시려고 칠십 리 뙤약볕 신작로 길을, 아기를 업으신 그 몸으로 다녀가실 때 어머님의 마음이 오죽하셨겠습니까? 해 저문 신작로 길 위에 사라져가는 그때 어머님의 뒷모습은 수십 년 세월 우리 생활의 갈피 갈피에 맺히고 새겨져 영원히 잊을 수 없는 화폭이 되었습니다.

어머님! 어머님께 걱정이 되실까 봐 두려워하면서 (드리는) 한 가지 걱정은, 돌아가신 아버님을 닮아서인지 주량이 도량이라는 말도 있지만, 가정을 이룬 그때로부터 설악이 아버지가 몹시도 술을 즐겨하였습니다. 그 때문에 저의 속은 절반은 재가 되었나 봅니다. 그땐 두고 헤어진 혈육과 그리운 어머님 때문에 더 마셨을 테지만 자신의 건강도 심히 해치면서, 또 집 식구들과 주위의 친지들에게도 때 없이 부질없는 걱정을 주곤 하였지요.

그런 애아버지라 어머님께서 정정하게 계시고, 형제분들이 모두 건재하다는 소식과 어머님이 기도 제목을 자식의 술을 금하게 하시려는 제목으로 바꾸셨다는 소식을 들은 다음부터는 그 전보다 훨씬 적게, 거의 안 마시다시피 한답니다. 그러나 주량은 적어졌어도 횟수는 여전한 것 같습니다. 어머님께서 곁에 계신다면 얼마나 좋겠습니까? 어머님께서 엄하게 타일러 주십시오.

이젠 나이도 있고, 건강 상태도 걱정이 됩니다. 그러나 이에 대해서는 너무 걱정하지 마십시오. 점차 나아지겠지요.

그리운 어머님! 남북 간의 정세도 퍽 좋아지고, 이산가족들이 서로 오갈 날도 눈앞에 다가오고 있습니다. 저희들의 소원은 하루빨리 어머님을 우리 집 아랫목에 모시고 행복하게 온 형제들이 모여 앉을, 그날을 앞당기는 것입니다. 그래서인지 맏아들 설악은 올해 27살이 되었으나 장가 들 생각을 하지 않고 할머니 모시고 할머니의 축복을 받으면서 결혼식을 올리겠다고 늘 말하곤 한답니다. 그 애는 "아버지 어머니도 할머님 축복이 없이 가정을 이루었고, 누이도 그렇게 그 어느 친척들의 축복도, 친할머니의 따뜻한 사랑의 축복도 없이 그렇게 출가하였는데 또 나도 할머님의 축복을 받지 못하고 갈 수는 없습니다." 하고 말을 한답니다.

어머님! 우리 맏이의 말이 옳다고 생각합니다. 그럴 날이 꼭 멀지 않아 올 것입니다.

저희들이 애들이랑 다 데리고 어머니의 팔갑 잔치에 가는 것만 같은 그런 마음입니다. 아직은 통일이 되지 않아 길이 막혔지만, 반드시 다음번 어머님의 생신날엔 갈 수 있을 것입니다. 저희들도 그날 팔갑 상을 차려놓고 어머님의 장수를 위하여 축배를 들겠습니다. 그리고 남쪽을 향하여 큰절을 어머님께 올리겠습니다.

어머님! 우리가 모두 만나는 그날까지 부디 앓지 마시고 오래오래 무병장수하시고, 행복한 날들만으로 어머님을 기쁘게 해 드리기를 멀리서 빌고 빌겠습니다.

끝으로 문수원 형님과 고정자, 이신자, 백신자 동서들에게 저의 인사를 전합니다. 불효한 둘째 며느리가 못다 한 정성까지 합치어 어머님을 잘 모셔드렸기에 오늘까지 정정하시며 팔갑을 맞으실 수 있게 되었다고 생각합니다. 앞으로도 저를 대신해서 어머님을 더 잘 모셔주시리라고 믿습니다.

다시 한 번 뜨거운 인사를 보내면서 매 집안에 행복이 가득 차기를 축원합니다.

둘째 며느리 송숙녀 올립니다.

1992년 1월 10일

뵙고 싶은
어머니

오영재는 강진 농업중학교를 2학년까지 다니다 1950년 3학년 때 성전중학교로 전학했다.
그때 헤어진 중학교 학우들과 찍은 사진이다. 중앙이 오영재.

뵙고 싶은 어머니!

어머니 환갑날이 가까와오는데 저희들이
가지 못해 그날에 입으실 옷감이나마 현금
보내드리오니 마음을 맞으듯 받아주십시오
가나다 《뉴코리아 타임스》 사장인 전충림
선생을 통해 문승숙선생에게 전달케 하니라

어머니 팔갑 날이 가까워 오는데 저희들이 가지 못해 그날에 입으실 옷감이나마 한 감 보내드리오니 아들을 맞는 듯 받아 주십시오.

캐나다의 《뉴 코리아 타임스》 사장님을 통해 문 교수에게 전달되게 하며, 조카들이 귀국할 때 가지고 가도록 하려 했는데 사정에 의해 사장님이 10월에 오지 못해 보낼 길이 막막하던 차에 믿음직한 좋은 인편이 생겨 일본을 통해 보내 드립니다.

우리나라 명주 천 산지로 이름 높은 넝변(평북)에 있는 견방직 공장에서 가져온 것입니다. 당목으로 안감을 대시고 버선도 지으십시오. 그레브 천은 속치마를 해 입으십시오.

팔갑 날 아들딸들이 차례로 축복의 술을 부어 올릴 때 형재(바로 아랫동생)가 자기 먼저 저의 이름으로 붓도록 해주십시오.

문 교수가 모처럼 대전과 통화할 기회를 마련하느라고 앓고 있는 몸으로 애쓰셨는데… 섭섭하게 되었습니다. 어머님도 얼마나 가슴 아팠습니까?

정세도 좋아지고 있으니 멀지 않아 꼭 만나게 될 것 같습니다.

희망을 가지고 건강하게 생활해 주십시오. 팔갑을 맞으시는 어머님께 둘째는 머리 숙여 큰절을 드립니다.

아버지 생각이 간절합니다. 묘비에 제 이름을 새겨 넣을 자리를 비워 두고 계십시오. 고향에 가는 날에 직접 제 손으로 새겨 넣겠습니다.

형님과 동생들, 형수님과 제수님들에게 인사를 보냅니다.

둘째 영재 드립니다.

1992년 1월 14일

* 추신: 개성고려인삼 10병을 보냅니다. 무게가 나가기 때문에
더 많이 보내지 못합니다.

어머니의
팔순 잔치

어머니의 두 남동생과 두 올케들

이 사진을 보냈는데 동생이 이산가족 만남 때는 이것을 바탕으로
자기와 돌아가신 아버지를 넣어 합성한 돌사진을 가지고 남하했다.

영재의 소원대로 맏동생 형재가 어머니에게 옷감을 드리고 있다.

어머니께 드리는 가족창. 좌로부터 2~5가 근재, 창재, 형재, 승재.

어머니가 북에 있는 동생을 만나지 못하고 그리 빨리 가실 줄 알았다면 더 성대히 팔순 잔치를 해 드렸을 것을 후회된다.

1993년 5월 17일에는 성악가 이길주 선생이 일부러 서울 형재 동생 집을 찾아 어머니를 만나러 오셨다. 1990년 8월 15일 이북에서 열린 범민족대회에 민문예협 회원으로 참석해 이영희 작가와 북녘의 동생 집에 갔었던 분이다. 서울 음대를 나온 재미 교포이다. 그편에 어머니는 또 긴 편지를 써서 보냈다.

오매불망,
못 잊는 나의 아들에게

- 남에서 엄마가

* 이 글은 LA에서 발행하는 《글벗》(1993.10.01.)에도 실렸다.

아들을 잃어버리고 수십 년을 기다리며 애태우던 엄마에게 희소식을 전해 주던 그분들, 김영희 선생님과 이길주 선생님! 내 평생 잊을 수 없는 은인들이다. 그 두 분 중에 이길주 선생님이 1993년 5월 17일 서울 친정 오빠 댁에 오셨다가 일부러 나를 방문해 주셨다. 1990년에 북에 갔을 때 우연히 오 시인을 만나 인연이 되었다는 이야기, 너희 집에 가서 너희들이 생활하는 것이나 식구들을 본 이야기를 자세히 전해 주셨다. 내가 직접 눈으로 본 것같이 말해 주어서 얼마나 고맙고 반가웠는지 표현할 수 없다. 남을 위해 수고하시는 분들 복 많이 받으실 것이다.

　정말 다정하고 사랑이 많은 분이었다. 오십이 다 된 분이지만 아직도 애티가 보이는 아름다운 분이셨다. 만난 장소는 서울 장위동에 있는 형재네 집에서였다. 고맙게도 (이곳) 사진과 편지를 주면 금년이 되든 내년이 되든 북에 갈 일이 생기면 너희에게 전해 주겠다고 해서 1993년 설날 찍은 사진과 내 팔순에 찍은 사진 동봉한다. 설날에 찍은 사진은 너희들이 정성을 다해 보내준 옷감으로 지어 입은 모습이다. 옷감과 인삼 약을 받을 때, 내 심정 표현할 수 없었다. 소식만으로도 만족하는데 이런 선물까지 고맙기도 하고 부끄럽기도 했다. 심는 대로 거두는 것인데 엄마가 자식에게 무엇을 해준 일이 없는데 이런 대접까지 받나, 자신을 돌아보았다.

　언젠가 이 편지가 네 손에 갈 줄 믿는다. 언제나 편지라도 주고받으며, 전화로라도 대화할 수 있었으면 하는 생각 간절하다.

그동안 어떻게 지내는지 한량없이 궁금하고 궁금하다. 네가 알고 싶은 것 알려주마. 내 팔순 때는 간단하게 지냈는데 너희 말대로 잔을 돌릴 때 형재가 오영재라는 이름표를 가슴에 달고 네가 보낸 옷감과 인삼을 엄마에게 바치며 인사를 하였단다. 형제들이 다 너를 향한 순간이었다. 막냇동생 영숙이가 「늙지 마시라」라는 네 시를 낭독해서 하객들의 눈시울을 적시게도 했단다. 형제들이 또 네가 즐기던, 「옛날의 금잔디 동산」이라는 노래도 불렀단다. 그 축하식이 온통 너를 사모하는 식이 되었다. 이제는 내 나이까지 한 해에 두 살씩 먹지 말고 좀 더 젊어져라. 나는 네가 늙지 말라 그랬는데 허리도 굽지 않고, 눈도 귀도 정상이니 걱정하지 마라. 너 만날 때까지 살아 있을 터이니 너희들 몸조심하고 건강하게 만나기 바란다. 네가 듣고 싶은 소식, 병채 숙부도 잘 살고 있다. 임곡(현 광주시) 그 집터에다 집을 잘 짓고 아들딸 오 남매 잘 기르고 다복하게 산단다. 직업은 임곡중학교 교사로 근무하고 건강하게 잘살고 있다. 네 소식을 듣고 얼마나 기뻐하는지. 네 시를 가지고 임곡중학교에 가서 자랑하고 기뻐하였단다. 강진의 10촌 형 인재를 지금은 영재(永在)라고 부른단다. 그 형이 얼마나 기뻐하는지. 10촌 누나 인남이 알지? 그 누나도 기뻐하고 고향에서 너 살아 있다는 소식 듣고 기뻐하지 않는 사람이 없다. 9촌 숙부 형철이는 경찰 훈련받다가 졸도해서 세상 떠났단다.

5월 15일에 네 형 승재의 회갑을 축하하는 잔치를 동문과 제

자들이 모여 해주었는데 형 약력을 말할 때 그 행로가 정직하고 근면해서 제자들을 잘 가르쳐 사회에 잘 내보내고 자녀들을 잘 길러 가정을 빛내는 보람 있는 생애를 살았다고 말했는 걸 들으니 자랑스럽고 대견스러웠다. 아버지께서도 정년퇴직하실 때 국민훈장, 동백장을 탔다. 너희 가정은 대대로 정직하여서 선한 일을 많이 하는 집안이란다. 친가나 외가나 문과 계통이어서 진사 벼슬들이 많았고 후손들도 교육자가 많다.

네 형제들도 모두 교육자이고 너 역시 시인이지 않니? 너는 더욱 훌륭한 시인, 후세에 영원히 남아 있을 훌륭한 시들, 얼마나 가정을 빛내는 일이냐? 소질만 가지고도 안 되고, 열심만 가지고도 안 되는데 소질과 열심이 합해져서 일궈진 것이다. 네 형제들이 이렇게 최선을 다해 (가정을) 일궈 나가기를 빈다.

가난한 가정에서 부모가 뒷바라지를 해준 것도 없이 자력으로 이루었으니 정말 장한 일이지. 너는 더구나 고독 단신으로 사고무친(四顧無親)한 곳에 가서 고독과 슬픔과 배고픔과 헐벗음과 이 모든 것을 이겨냈는데, 너에게 영광의 면류관을 주신 분이 신인지 사람인지 그분께 감사를 드린다. 고진감래라고 고생이 크면 기쁨도 큰 거란다. 교만하지도 말고 온유하고 겸손하여 여러 사람에게 사랑을 베풀고 덕을 세워라.

설악아, 엄마 말 잘 듣고, 서로 사랑하고 화목하여라. 설악이 엄마 편지 받아보니 정말 필재가 능숙하고 사연이 다정다감해서 그 성품이 나타난 것같이 손이라도 잡고 싶은 생각으로 흐

뭇한 마음이었다. 현숙한 배필을 만나 고독한 사람끼리 가정을 이루고 유자생녀(有子生女)하며 화목 이루고 사니, 선한 사람에게 내리는 축복이다. 항상 감사하며 행복하여라.

혜심이 부부도 행복한 가정 이루며 귀여운 새싹 일취월장 지혜롭게 잘 자랄 줄 믿는다. 설악, 설림, 혜심, 은하 정말 보고 싶구나. 그날이 오리라 믿는다. 악한 것을 생각지 말고 선한 데 마음을 두어라. 훌륭한 인물 되기 바란다. 설악아, 할머니 못 만나도 좋은 여자 있으면 결혼해라. 할머니는 아무 때 만나도 좋지만, 결혼 시기 놓치면 안 된다. 우리 모두 할 말은 여산여해(如山如海)지만 만날 때까지 참아내자. 바다로 먹물 삼고 하늘로 두루마리 삼아도 다 못 쓰겠다.

내가 다시 한번 영재에게 부탁하는 것은 술 적게 마시고, 몸조심하라는 것이다. 설악이 엄마 말 잘 들어라. 이 편지 가기 전에 좋은 소식 있을지도 모르겠다. 그렇게 되기를 기원한다.

1993년 5월 26일 묘시
남에서 엄마가 북에 있는 아들에게

이렇듯 행복한 팔순 잔치를 끝낸 뒤 어머니는 북녘의 이들을 만나기 전에는 절대 죽지 않겠다고 말씀하셨다. 그런데 막내아들이 친구들의 배신으로 사업에 실패하고 빚에 쫓기게 되자 자녀들을 찾아, 또 친정 동생들을 찾아 자금을 구하려 뛰어다니다가 뜻대로 되지 않자 절망하고 하나님까지 원망하시는 것 같았다. 그러더니 집에 오셔서 얼마 되지 않아 병상에 눕게 되었다.

아버지는 술이 과하셔서 학교 근무가 끝나면 밤늦게까지 술을 드시고 끝내는 집으로 술친구를 데려와 이웃 방에서 자는 우리를 깨우고 노래를 시켰다. 우리는 눈을 비비며 학교에서 배운 창가를 했다. 어머니는 마을에 있는 술집을 모두 돌며 술 항아리를 다 부숴버리고 싶다고 하셨다. 그 술은 학교 은퇴 후로도 끊지를 못하셨다. 고혈압으로 눕게 되어서도 술을 못 끊었는데 한의사에게 병 처방을 받으러 갔을 때 젊은 의사가 "술 끊어!"라고 했다는 것이다. 돌아오는 길에 아버지는 "후레자식!"이라고 한마디 했는데 야릇하게 그 뒤부터 술을 끊으셨다고 한다. 어머니는 그런 아버지를 간호하시다가 먼저 세상을 떠나보내시고 홀로 남으셨다. 6·25 때 남편과 큰아들도 없이 반신불수인 시어머니와 오 남매를 데리고 이곳저곳 피해 살 때의 스트레스는 또 얼마나 컸겠는가? 막내아들 집에서 그를 돌보다가 집에 오셔서 얼마 안 되어 몸져누우셨는데 점차 식사를 못 하시고 종내에는 말씀도 못 하시게 되어 아무 유언 한마디 남기시지 못했다. 북녘에 있는 동생에게도 무슨 말씀을 하실 것 같았는데 옆에서 보살피는 나에게 어서 가서 자라고 손짓만 하셨다. 한번은 변을 많이 누시고 혼자 치우려고 몸부림치는 모습을 보았는데 얼마 안 되어 눈을 감으셨다. 우리 주변에 어머니를 아는 모든 교인은 그분은 정말 정갈하셨으며 본이 되는 삶을 사셨다고 나에게 칭찬하는 말을 하셨다. 그런데 북녘의 아들을 옆에 두고 그냥 가신 것이다.

1995년 4월 3일 소천(召天)하셨다. 그때는 병원 빈소에 모시지 않았다. 대전의 삼성아파트였는데 나는 너무 분주해서 장례식 때 찍은 사진 하나 안 가지고 있다. 경기도 남양주시에 있는 모란공원 아버님 묘소에 합장했는데 우리 교인들이 먼 길에 수고가 많았다. 나는 자애로운 어머니를 평생 옆에 모시면서도 감사한지 모르는 불효자다. 평생 그분이 동동거며 뛰어다닐 때 쓰시던 주민등록증만 가지고 있다.

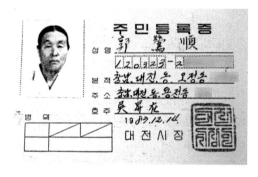

그때 내가 마지막 어머니를 보내드리며 읽어드린 추모사를 올린다.

추모사

- 이 글을 삼가 어머님의 영전에 올립니다

곽앵순(1912년 3월 23일-1995년 4월 3일)

일제 치하에 세계 제2차 대전을 겪으며, 시골의 작은 심상소학교 훈도(訓導)의 아내로 가난과 싸우시며 사신 분이 어머니였습니다. 늘 위경련에 시달리던 중에도 칠 남매를 낳아 그래도 씩씩하게 사시던 분이 이제는 피골이 상접한 채로 숨을 몰아쉬시는 마지막을 지켜볼 때, '아! 이것이 어머니의 마지막인가'라는 생각으로 창자를 끊는 아픔이 왔습니다. 6·25 전쟁 때는 한 살짜리 막내와 반신불수였던 시어머니까지 모시고 먼 친척을 찾아 피해 다니셨습니다.

전쟁 후로도 자녀들 대학을 보낼 돈이 없어 속을 태우며 위경련으로 며칠씩 누워 계시던 모습은 지금도 가슴 아픈 추억입니다. 남편을 따라 칠 남매를 거느리고 10여 개가 넘는 교장 관사를 전전하시며, 자녀들의 교육비를 보태기 위해 어린 것들을 등에 업고, 돼지와 닭을 기르고 바느질을 하시며 사셔야 했는데 밤늦게는 허리가 시려서 천으로 몸을 칭칭 두르고 재봉틀을 밟으셨습니다. 이런 모든 일 때문에 교육구청에서는 어머님께 현모양처상을 드리지 않았나 싶습니다. 어머님은 평생 정직과 청렴을 몸으로 실천하시고, 약속을 어긴 적이 없으셨으며, 남에게 조금도 폐를 끼치는 일이 없었습니다. 이런 성격 밑에서 우리도 훈련을 받고 자랐습니다. 막내아들이 위생병으로 군에 있을 때는 혹시 약품에 손을 댈까 봐 매월 부족한 살림에도 돈을 절약하셔서 용돈을 만들어 송금하시기도 하셨습니다.

그런 어머니가 말씀하실 수 없게 되면서 병간호하던 저희를 뚫어지게 바라보시며 충혈된 눈으로 말없이 눈물만 흘리셨는데 그것이 마지막으로 우리에게 무슨 말씀을 하시고자 했는지 지금도 어머님의 마음을 헤아리지 못하고 있습니다. 어머님의 인생을 마무리하는 때가 아직은 아니라고 생각되는데 하나님께서 호흡을 취하시니 하나님의 섭리를 육체를 가진 우리는 이해하지 못한 채 맞이합니다.

1964년 12월 25일 크리스마스에 어머님께서 교회에 발을 들여놓으신 후 어머님은 한결같이 교회 출석에 충실하시며 말씀 공부를 열심히 하셔서 젊은 사람들보다 더 대답을 잘하셨습니다. 그리고 1972년 오정 교회에서 세례를 받으실 때는 십계명을 모조리 외우셨고 팔순이 넘어서도 시편 121편을 한 자도 틀림없이 외우셔서 교회에서 상을 받기도 하셨습니다. 제 외할머님은 98세에 돌아가셨는데 칠순이 넘은 어머님이 끔찍한 사랑으로 병간호하시며 특히 세상을 뜨시기 전 친어머님을 전도하시려고 교회까지 모시고 나가시며 애쓰시던 모습은 지금도 기억에 생생합니다.

어머님! 이제는 이런 어머님 밑에서 우리 칠 남매가 잘 자랐습니다. 다만 어머님이 가슴 아프게 생각했던 단 한 가지가 있다면 실종이 된 둘째 아들이었는데 최근 그 아들이 북녘 하늘 아래 무사히 살고 있다는 소식을 듣지 않으셨습니까? 그 후로 어머님은 생기가 더 도셨습니다. 그 아들을 만나기까지는 몸을 다치지 않고 건강하게 사시다 가셔야겠다고 삶의 의지를 다짐하시기도 했습니다. 그런데 왜 이리 빨리 가셔야 했습니까? 어머니! 북녘에 있는 아들의 시를 기억하지 않으십니까?

(…)

세월아 가지 말라

너 기어이 가야 한다면

어머니 앞으로 흐르는 세월은

나에게 다오

내 어머니 몫까지 한 해에 두 살씩 먹으리

(…)

그렇게 어머니 품을 그리워하던 아들을 품에 품어 보지도 못하고 기어이 가시다니 가슴이 아픕니다. 북녘의 아들을 만나면 주겠다고 용돈을 아끼시며 그것을 모으는 것을 낙으로 알고 사시더니 이제는 그것도 옛이야기가 되었습니다.

　자녀들뿐 아니라 손자, 손녀들도 하나님의 축복 가운데 불같이 일어나는 가정이 되어 모든 이웃에게 선망의 대상이 되었는데 그 열매를 다 보지 못하시고 눈을 감으시는군요. 왜 하늘나라에 가시는 것이 그리 급하셨습니까?

　인생은 주께서 손을 펴시면 좋은 것으로 만족하다가 주께서 낯을 숨기시면 저희가 떨고, 주께서 호흡을 취하시면 주님 품으로 갈 수밖에 없나 봅니다.

　아, 어머니! 인생의 고달픈 짐을 주의 곁에 내려놓고 이제 편히 쉬소서. 이제는 다시 사망이 없고, 애통하는 것이나 곡하는 것이나, 아픈 것이 다시없는 천국에서 하나님께서 친히 어머님의 눈물을 씻어주실 것입니다. 어머니! 묘비에 안아보지 못한 아들의 이름을 새겨 넣겠습니다.

　새 예루살렘에서 편히 쉬소서.

1995년 4월 5일
불효자 오승재와 그 형제들 올림

4부

「한국 진혼곡」과
제1차 남북 이산가족 상봉

2000년 6월 25일에는 놀라운 일이 생겼다. 여의도 침례교회에 음악 목사로 시무하는 이요한(Jim Ailor) 목사가 그 교회에서 오영재 시인의 시에 맞추어 「6·25 50주년 기념 한국 진혼곡」을 공연한다고 연락이 왔다. 원래 진혼곡은 로마가톨릭의 미사곡인데 이 곡에 한국의 시를 넣어 분열된 나라에 사는 동안 세상을 떠난 가족을 슬퍼하고 애도하는 진혼곡으로 만들었다는 것이다. 그래서 그때 우리더러 참석해서 진혼곡의 막간에 오영재 가족으로 나와 그의 시를 낭송해 달라는 부탁이었다. 그는 「한국 진혼곡」을 주제로 박사학위 논문을 준비하던 중 북한에 거주하는 이산가족 오영재의 시에 매료되어 오랫동안 번역하고 연구해서 진혼곡을 공연하게 되었다는 것이다. 나는 40년 넘게 가족 소식을 모르고 애타며 그리워하고, 어머니를 사모하며 썼던 시가 이산가족뿐 아니라 모든 사람의 심금을 그렇게 울린 것을 생각하며 그동안 동생의 아픈 심정을 헤아리지 못하고 살아왔던 것이 한이 되었다.

「한국 진혼곡」은 다시 케이블 TV 42(기독교 방송)의 〈내 마음에 한 노래 있어〉라는 프로그램에서 다루기도 했다.

이요한(Jim Ailor)
샘포드대학 학사. 사우스웨스턴침례교대학 음악 석사. 2000년 6월 25일 여의도 침례교회에서 「한국 진혼곡」 상연. 뉴올리언스침신대에서 「한국 진혼곡」으로 음악 박사. 2005년 1월부터 플로리다의 침례교 교회인 First Baptist Sweet Water에서 음악과 예배 목사. 뉴올리언스침례교대학 출강. 아내인 다이앤은 한국침례교 발전국에서 21년간 근무하였음.

여의도 침례교회에서 공연한
「한국 진혼곡」

2000년 8월 15일 드디어 제1차 남북 이산가족 만남의 날이 왔다. 그때의 감격과 실황을 내가 쓴 수기로 대신하려 한다.

이 수기는 상봉이 끝난 뒤 적십자사에서 수기 모집을 했을 때 제출한 것이다. 그러나 정부나 적십자사의 의도에 맞지 않은 감성적인 글을 길게 써서 채택이 안 되었을 것이다. 하지만 내 솔직한 감정과 당시의 사회 정황은 분명하다고 생각되어 그냥 올린다.

제1차
남북 이산가족 상봉 수기

2000년 8월 15일 오승재

- ● 들떠 있던 사람들

19번 테이블에 배정된 5명의 가족. 윗줄에서 왼쪽부터 차례로 병채(숙부), 근재, 형재.
아랫줄에서 왼쪽부터 차례로 필숙, 영재, 승재.

　　동생이 온다! 가슴속에만 살아 있던 동생을 눈으로 보고 만
질 수 있다는 것은 비 온 뒤 활짝 비치는 햇살처럼 황홀한 기쁨
이었다.

2000년 8월 14일 우리 가족 일행은 서울 올림픽파크텔로 모였다. 삼촌과 남동생 둘과 여동생 하나였다. 이북에서 내려오는 가족 한 사람에게 할당된 최대 인원인 다섯 사람이었다. 대한적십자사에서 면담할 수 있는 5명의 명단과 전화번호, 주민등록번호, 주소를 적어 제출하라 했지만 우리는 마지막 순간까지 더 많은 가족이 만날 수 있다는 것을 믿고 싶어 했다. 개별 접촉, 식사 등까지 합하면 6번의 기회가 있다는 기사를 읽었기 때문에 한 번에 다섯 사람씩이지만 교대로 더 많은 사람이 만날 수 있다는 것을 믿고 여러 가족의 신병을 확보하고 교대 상봉의 시나리오를 짜 놓고 있었다. 특정인 5명만 3일 동안 계속 만나야 한다는 것은 그 경비와 노력과 50년에 한 번 있는 기회를 생각할 때 이해할 수 없는 일이었기 때문이었다. 그러나 최종으로 확인한 것은 선택된 5명뿐이었다. 다른 친척들은 나이가 많아 이제 다시는 만날 수 없을지도 모른다고 발을 동동 굴렀지만 허사였다. "자기네 오씨끼리 똘똘 뭉쳐서 만나러 가네."라고 아내가 불평하며 챙겨 준 짐을 들고 올림픽파크텔로 온 것이다. 숙소는 온통 난장판이었다. 객실 배정을 받고 보니 5명 가족에 한 방씩으로 남녀 동숙이었다(그렇지 않은 가족도 있었다고 함). 어려서는 한 방에서 같이 자기도 했지만 오십이 넘은 여동생과 동숙하기는 또 처음이었다. 우리는 그래도 괜찮은 편이었다. 어떤 가족은 바깥사돈과 안사돈이 한 방으로 배정되었다고 야단법석이었다. 기자들은 뭔가 기삿거리를 얻으려고 이리 뛰고 저리 뛰었다. 그들은 계속 물었다. "어떻게 해서 이산가족이 되었습니까? 선물은 무엇을 준비하셨나요? 준비한 선물을 좀 보여줄 수 없으실까요? 만나면 맨 먼저 무슨 말을 하시겠습니까? 이렇게 상봉을 하게 된 소감이 어떠십니까?"

아예 이런 질문에 대한 모범 답안을 만들어 녹음해 두었다가 들려주고 싶은 심정이었다. 거기다가 적십자 안내원은 한 가족씩을 맡아 흩어지는 병아리들 모으듯 정신이 없었다. 각 방을 찾아와 적십자사가 마련한 선물인 손수건과 볼펜을 각 사람에게 하나씩 나누어 주기도 했다.

우리는 오후에 각 가족 대표들이 모아 적십자사에서 베푼 오리엔테이션에 참가했다. 이 만남은 이산가족 상봉의 첫 단추를 끼우는 사건이기 때문에, 성공적으로 끝내지 않으면 2차, 3차의 상봉이 순조롭지 않을 수도 있다. '상대방에 상처를 주는 말을 하지 마라. 대답하는 데 난처해하는 질문은 삼가라. 선물은 상식적인 선에서 하되 북쪽 동포가 좋아하는 품목을 유인물로 적어놓았으니 참고해라. 현금은 $1,000 이내에서 주도록…'. 이런 주의였지만 다들 별로 관심을 두고 듣는 것 같지는 않았다. '선물의 크기와 무게는 어느 정도라야 할까? 언제 갖다 줄 수 있을까?' 다만 빨리 만나서 선물을 전해 주고 싶은 생각 때문에 마음들이 들떠 있었다.

다음 날 15일 코엑스의 상봉 장소에 오후 3시까지 가서 3시 반부터 면담하기로 되어 있었으나 우리는 점심을 먹고 바로 2

시쯤부터 탑승을 서둘렀다. 이제 몇 시간만 지나면 꿈에 그리던 가족을 만나게 되는 것이었다. 20대 정도는 될까? 버스가 줄을 서서 기다리고 있었다. 각 가족마다 배정된 버스가 있었고 적십자 요원은 핸드폰으로 자기 식구들을 챙기고 있었다. 우리는 적십자사에서 나누어 준 손수건을 넣고 울 준비를 단단히 한 후 버스를 타러 갔다. 버스를 타러 가는데 한 사람이 꽃을 사 들고 왔다. 50년 만에 만나는 가족에게 축하 꽃을 전하기 위해서였다. 그러자 모든 사람이 꽃을 사러 호텔 지하로 달려가기 시작했다. 축하하고 싶은 심정이야 다들 다른 사람에게 뒤질 수 없었다. 꽃집은 수라장이 되고 버스가 출발하는 시간이 되어도 탑승자가 다 차질 않았다. 만일 적십자사가 전체 상봉 가족들을 한곳에 집결시켜 단체로 데려가지 않았다면 시간을 지켜야 하고 보안이 필요한 이 상봉은 참 어려웠겠다는 생각이 들었다. 드디어 선두 차부터 맨 꼬리 차까지 점호가 끝나자 차는 한 줄로 출발하기 시작했다. 우리가 지나갈 때 교통이 차단되어 줄지어 기다리고 있어야 하는 승용차에서는 문을 열고 손을 흔들었다. 50년 만에 있는 너무도 감격스러운 사건이기 때문에 짜증 낼 생각도 하지 않고 있었다. 그 감격을 우리가 대표로 맛보기 위해 행진해 가는 것이었다.

● 어둠 속에 묻혀 있던 50년

코엑스에서 우리는 면회 장소에 한 줄로 걸어 들어갔다. 각 테이블에 북측에서 오는 사람을 한 사람씩을 배정하고 그 번호에 해당하는 가족이 미리 가서 그 테이블에 앉아 대기하게 되어 있었다. 100가정을 네 그룹으로 나누었는데 기자들의 취재 경쟁을 막기 위해 수학적으로 말하자면 행사장 중심을 원점으로 십자를 그어 넷으로 나누되 제1사분 면(0시~3시)은 YTN, 제2사분 면(9시~0시)은 KBS, 제3사분 면(6시~9시)은 MBC, 제4사분 면(3시~6시)은 SBS가 맡아 취재하기로 되어 있었다. 흥분을 가라앉히며 복도를 걸어 들어가고 있는데 복도 양옆에 늘어선 사람들이 박수했다. 나는 혹 우리를 북측 인사로 오해하고 손뼉을 쳐주는 것이 아닌가 하고 의심했다. 그러나 그들은 우리를 알아보고 박수하고 있는 것이었다. 50년 동안이나 사랑하는 가족을 가슴에 품고 얼마나 안타깝게 말도 못 하며 살아왔는가 하고 위로하고 축하하는 것 같아 와락 눈물이 쏟아지려 했다.

나는 테이블에 앉아 마음을 가라앉히고 잠깐 기도했다. '사랑하는 동생을 만나게 해주시니, 하나님 감사합니다.' 내 손에는 그동안 준비했던 우리 가족사진들이 체계적으로 붙여진 사진 앨범이 들려 있었다. 혈혈단신 이북에서 얼마나 외로웠겠는가? 나는 남녘에 이렇게 많은 혈육이 살아 있다고 알게 해주고 싶었다. 그가 이북에 살고 있다는 것을 알게 된 것은 1966년 12월이었다. 방첩대에서 동생이 이북에 살고 있다는 정보를 얻었다고 형재 동생은 말해 주었었다. 죽은 줄 알았던 아우가 살아 있다는 것을 알게 된 기쁨과 이북에 가족을 두었다는 두려움이 전율을 가져왔다. 그 뒤로 아무 소식이 없었다. 이태 후 1968년 1월에 청와대 기습을 목표로 김신조를 비롯한 무장공비 31명이 서울에 침입했다. 그해 10월 말에 다시 울산 삼척지구에 120명이 나타났다. 그러나 이러한 소식은 반갑고 두려운 소식을 들은 이후에는 살얼음을 걷는 조마조마한 뉴스들이었다.

1975년에 나도 방첩대에서 출두해 달라는 연락을 받았다. 그동안 접선한 일은 없느냐는 것이었다. 그런 일이 있으면 곧 연락하고 자수하는 데 협조해 달라고 했다. 그 뒤로 내 집 문 앞에는 늘 남모를 사람이 지키고 있는 것을 알았다. 그들은 표면상 친절했다. 그러나 나는 방첩대에 불려갔다 나오면 힘이 빠지고 두려웠다. 나는 기독교인으로 하나님이 우리를 지켜주시고 인도하고 계셨다고 믿고 있다. 동생은 육사 교관으로 있었고 나는 북녘 동생의 소식이 전해질 때 미국 하와이대학의 동서문화교류센터에 나가 있었다. 연좌제가 심한 당시 어떻게 이런 일이 있을 수 있었겠는가? 우리는 돈도 배경도 없는 시골 초등학교 교장의 자녀들이다. 하나님께서 일하는 사람들의 눈을 잠시 감겨 주시지 않았다면 이런 일은 있을 수 없는 일이었다.

내가 동생이 시인으로 북에서 활동하고 있는 것을 공식적으로 알게 된 것은 1990년의 일이다. 미국 LA에 살고 있던 김영희 씨가 1990년 8월 13일부터 엿새 동안 열린 범민족대회에 북미주 대표단의 일원으로 북한에 가서 동생 오영재를 만난 기사를 《한겨레》 신문에 기고한 뒤였다.

동생의 삶이 분명해지자 우리는 속으로 울었고 드러내어 기뻐한 적이 없었다. 글을 읽으면 그렇게 눈물이 나올 수가 없었다. 그가 《통일예술》에 쓴 「한밤중에 평양역에」를 읽으며 그가 겪었던 외로움을 뼈저리게 느꼈다.

나는 그렇게 외로웠던 그에게 우리 가족 앨범을 안겨 주고 싶었다. 우리 형제와 자녀들은 벌써 부모님을 합해서 60명이었다. 그 속에서 그는 외로움을 이제는 씻어야 한다.

3시 반에 오기로 되어 있는 북측 가족들은 한 시간이 넘도록 시간을 지연하며 초조하게 도착하지 않고 있었다. 이윽고 입구가 소란해지더니 꿈에 그리던 사람들이 나타나기 시작했다. 장내는 하나씩, 하나씩 끌어안고 우는 울음바다가 되었다. 너무 놀라고 반가워서 어안이 벙벙해졌다. 16살의 어린 나이에 떠났는데 굵은 주름이 잡힌 66살의 할아버지가 되어 내 동생 오영재는 나타난 것이다. 살아 있었구나! 흐느끼는 울음은 가족을 하나하나 안으며 멎질 않았다. 50년 동안 가슴에 숨어 있던 그리움이 폭발하여 나오는 울음이었다. 이것은 비단 이산기 속 500명의 울음이 아니고 이산가족 1세대 123만 명을 대신해서 우는 울음이었다. 아니 이 TV를 시청하면서 통일이 되어야 한다고 안타깝게 생각하는 모든 동포의 울음이었다. "어머니를 왜 좀 더 기다리게 하시지 못했습니까?" 하는 것이 그의 첫 울

음 섞인 목소리였다. 어머니는 5년 전 1995년 4월에 돌아가셨다. 이제는 아들을 만나기 위해 오래 살아야 하겠다고 말씀하셨는데 생명은 인간의 생각대로 되는 것이 아니었다. 그러나 우리는 이산가족 중에서 가장 행복한 가족들이었다. 북한에 사는 동생의 소식을 안 후 민문예협 회장으로 있던 김영희 씨를 통해 그들이 발행하고 있는 《통일예술》을 받아보았을 뿐 아니라 김영희 씨가 어머니와의 전화 통화를 녹음하여 이북의 동생에게 보내기도 하였다. 우리는 1991년 8월 통일원에 북한 주민 접촉 신고를 하였다. 그리고 우리의 사진과 어머니의 편지도 보냈을 뿐 아니라 동생의 가족사진도 받았으며 특히 1992년 어머니의 팔순을 기해 동생으로부터 어머니 옷감과 인삼 등까지 보내 받게 되었다. 남은 옷감과 인삼 등은 통일원에 전시용으로

보낸 바 있다. 그러나 처음으로 생사를 확인하고 그 얼굴들을
대하게 되는 상봉 가족들의 감격은 얼마나 컸겠는가?

● 사모곡과 추모곡

이북에서 가지고 내려온 돌에 새긴 사진. 자기와 아버지를 끼워 넣었다.
왼쪽부터 창재, 근재, 필숙, 영숙, 승재, 영재, 형재 7남매

　동생 영재는 다음 날 개별 면담 시간에 부모님의 사진 앞에
서 북한에서 가져온 술을 따르고 절하였다. 그는 돌판을 쪼아
서 만든 어머니 아버지의 초상화와 우리 형제 사이에 자기를 끼
워 넣어 만든 돌판 합성 사진도 가져왔었다. 이 돌사진은 컴퓨
터로 천연 돌은 쪼아 사람의 얼굴 모습을 극사실적으로 묘사해
사진과 똑같은 모습을 만들어내는 새 미술 장르로 많은 세월이
흘러도 퇴색과 변색을 모른다고 한다. 그래서 북한에서도 380

여 명의 애국열사 묘에만 쓰였다고 한다. 그가 얼마나 외로웠으면 형제 사진 사이에 자기를 끼워 넣어서 영원히 같이 있고 싶어 하였을까 하는 생각을 하자 울컥 눈물이 솟았다. 그는 김일성 주석이 주었다는 기념 술잔에 술을 부어 써서 내려온 추모시 일곱을 낭송하였다.

(…)

가셨단 말입니까
정녕 가셨단 말입니까
아닙니다. 어머니. 어머니!
나는 그 비보를 믿고 싶지조차 않습니다

(…)

북한에서 가지고 내려온 돌에 새긴 부모님의 사진

개별 면담 시간이라고 가족끼리 숙소에서 만나게 되어 있었는데 기자들이 쳐들어와 20분은 빼앗아 간 것 같았다.

그날 우리는 선물을 가방에 넣어서 가져갔다. 형제들이 각각 준비한 것들이었다. 북녘은 춥다고 해서 여름인데도 겨울 내의를 사러 다니고 오리털 파카를 사서 넣고 시계를 살 때는 북녘에는 수은전지가 없을지 모른다고 5년은 쓸 수 있다는 값비싼 전지를 갈아 끼우고, 넥타이와 양말들을 사 넣었다. 우리는 선물을 간단히 설명했는데 그는 선물에 큰 관심이 없는 것 같았다.

우리는 또 그에게 지난 6월 25일 밤 여의도 침례교회에서 공연한 「한국 진혼곡」에 대해 설명했다. 그날 밤 130여 명의 합창단과 40여 명의 교향악단이 모여 공연한 진혼곡은 동생이 쓴 사모곡 여섯 편 중 세 편을 주제로 작곡하여 발표한 것이었다. 나는 진혼곡의 두툼한 악보를 그에게 보이며 집으로 가지고 가겠느냐고 물었다. 그는 악보를 보고 또 팸플릿에 그의 사모곡 여섯 편이 다 영어로 번역된 것을 살펴보더니 가지고 가겠다고 말했다. 두 권으로 된 오씨 족보는 싫다고 하던 그가 그 책을 가져가겠다고 한 것은 의외였다. 남녘에서 펴낸 책들을 집에 많이 꽂아놓고 싶지 않다는 심정을 나는 알고 있었다. 그는 남쪽에 연연하며 살아서는 안 되는 사람이었다. 그는 팸플릿에 나와 있는 「늙지 마시라」를 이요한 선교사가 영역한 것을, 감격스럽게 보며 눈시울을 붉혔다.

Don't Grow Any Older

Don't grow older.

Don't grow any older, Mother.

Farther Time, stand still

Until the day of unification.

It breaks my heart knowing that she is growing older.

Time, please stop

Until the day of unification.

Time, if you must move forward,

Give to me the time of aging that you would give Mother.

Give me her portion

And I will age two years for every one.

Even though my hair would quickly grey,

I would be able to place my head in

My mother's bosom like I did as a child.

And after that.

And after that.

I won't matter, even if I die. There will be no pain

Even if the road of unification with my mother

Is a field of thorns.

O, Mother,

Don't grow any older.

Farther Time, stand still

Until the day of unification.

그의 마음속엔 어머니뿐이었다. 통일이 늦어져서 어머니를 만나지 못하고 어머니 품에 안기지 못한다는 것이 너무 허전하고 아쉬운 것 같았다.

"우리도 오래 모시고 효도를 하려 했지만 그렇게 하지 못했다. 그 대신 든든한 형제들이 있지 않니?"

"형님, 형제들은 별입니다. 별은 여럿이 모여도 해가 되지 못합니다. 어머니는 태양입니다. 어머니 없는 고향은 진정한 고향이 아닙니다."

그러면서 그는 말했다.

"이제는 형이 아버지이며, 형수가 어머니입니다."

"형수가 어머니를 대신하여 너에게 양복을 하나 사 주고 싶다는데 어머니가 사 준 것으로 생각하며 가지고 가서 입으면 어떨까?"

그러나 그는 말했다.

"나 북녘에 옷 많습니다. 이 옷도 이곳에 올 때 김정일 장군께서 새로 해주신 옷입니다."

그는 자기 옷을 가리키며 말했다. 방문 올 때 넥타이도 사 주었으며 각자에게 남쪽 가족에게 줄 선물도 다 사 준 것이라고 했다. 나는 생활 수준이 너무 다른 나라에서 남녘에 흠 잡히지 않으려고 옷을 사 주고 선물을 사 주며 행여 남쪽의 자유분방한 사상에 물들지 않을까 사상교육을 해 보내는 데 얼마나 노심초사했을까를 생각했다.

"장군님 은혜로 우리는 잘살고 있습니다. 그 은혜가 아니면 제가 어떻게 이 100명 가운데 끼어서 남쪽을 방문할 수 있었겠습니까? 한 가정에는 아버지가 계시지 않습니까? 이처럼 북녘에서 장군님은 우리 아버집니다."

나는 깜짝 놀랐다. 동생 가슴속에 깊숙이 들어앉은 김정일 위원장을 보았기 때문이다.

"그분은 참 너의 은인이시다. 그러나 너에게 시를 쓸 수 있는 영혼을 주신 분은 하나님이시다. 다만 그분이 그 재능이 꽃피도록 길러주신 것이다."

"저는 무신론자입니다. 저는 하나님을 믿지 않습니다. 저를 이 자리에 있게 한 것은 장군님이십니다."

우리는 더는 이야기하지 않았다. 그러나 그가 결혼할 때의 이야기를 듣고 우리는 눈물을 흘리며 웃었다. 그는 결혼할 때 입고 갈 옷도 없었으며 와이셔츠도, 넥타이도 없었고 심지어 양말까지 없어서 빌려 신고 결혼했다고 말했다. 결혼한 뒤 다 돌려주었는데 하루는 친구가 찾아와 양말도 돌려 달라고 해서 그것까지 벗어 주었다고 말했다. 그런 자기를 작가 학원에 보내어 시인이 되게 하고 사 남매의 아버지가 되어 시만 쓰면서 먹고살게 해준 이가 누구냐고 반문했다. 신 없는 그곳에서는 감사를 돌린 대상이 김정일 장군이었다.

뭐 더 가지고 가고 싶은 것은 없느냐고 물었더니 술과 담배를 가지고 가고 싶다고 말했다. 남조선에 가면 '진로' 술을 사 오라 했는데 그것을 가지고 가고 싶다고 말했다. 그는 줄담배를 피우고 술을 너무 많이 마셨다. 어머니가 생전에는 네가 술을 너무 많이 마시는 걸 알고 술 덜 마시도록 계속 하나님께 기도드렸

왼쪽에서 형재(3째), 필숙(6째), 적십자 요원, 병채(숙부), 근재(4째)

었다고 말했더니 자기도 어머니의 술 적게 마시라는 편지를 받고 술을 줄였다고 말했다.

"이제는 어머니가 돌아가셔서 마음 놓고 마시는 거야?"

"아니지요. 이제는 어머니의 편지는 유언입니다."

그러면서도 그는 술잔을 놓지 못했다. 그의 영혼이 공허한 것을 어떻게 하랴.

● 내 백성을 위로하라

다음 날도 그는 또 시를 써서 신문에 발표했다. 그의 삶이 바로 시였다.

(…)

정견과 신앙이 다르면

통일은 못 합니까

만나서 얼싸안으니

그 뜨거움도 같고 눈물도 같은데

이것이 통일이 아닙니까

(…)

마지막 날은 고은 시인과 합작시를 썼다.

(…)

북의 시인이 말했습니다

우리는 시로써 통일로 나아갑시다

남의 시인이 말했습니다

우리는 통일로써 새로운 시를 씁시다

(…)

나는 마지막 날 공항으로 떠나기 위해 버스 안에 앉아 있는 동생을 바라보았다. 3일 동안 통일의 열기를 내뿜으며 얼싸안고 울다가 다시 옛날 모습으로 돌아가는 이 상황이 이산가족 만남인가? 떠나가면 집에 도착해서 "형님, 참 기뻤습니다. 무사히 도착했습니다. 애들도 선물을 받고 기뻐했습니다. 다음에는 한번 놀러 오십시오." 이런 전화라도 받아야 하는데 떠나버리면 장막 저편은 어둠뿐이며 아무 소식도 들을 수가 없다는 생각을 할 때 가슴이 무너지는 것 같았다. 이산가족 면담 명단에는 빠졌지만 이렇게 외부에서 식사하거나 이별하는 장

영재와 영숙(일곱째)의 마지막 이별

면에는 혹 얼굴이라도 볼 수 있을까 해서 막내 여동생 영숙이 강원도에서 쫓아와 이별하기 전 그를 만났다. 그는 "네가 한 살 때 어머니 등에 업혀 온 영숙이구나."라고 감격해서 말했다. 영숙은 떠나는 차창에서 손을 내미는 오빠의 손을 놓지 못했다.

허전한 가슴을 안고 돌아오는데 여러 가지 목소리들이 들려왔다. 50년 만의 극적인 상봉을 과시하기 위해 국가가 과다한 출혈을 했다. 주기만 하고 받지 못하는 상봉이다. 그러나 나는 꿈이 아니고 현실에서 살아 있는 동생을 만나게 해준 하나님께 감사하고 싶다. 이것은 세계 사람들의 이목을 집중시키고 한국의 통일이 멀지 않다는 소망을 알리는 서창(敍唱)이다. 나는 헨델의 「메시아」에서 맨 먼저 들려준 테너 서창을 듣는다.

너희는 위로하라. 내 백성을 위로하라.
너희는 정다이 예루살렘에 말하며 외쳐 고하라.
그 복역의 때가 끝났고 그 죄악이 사함을 입었느니라…
골짜기마다 돋우어지며 산마다, 작은 산마다 낮아지며
험한 곳이 평지가 될 것이며

정신적 고향 예루살렘을 잃어버리고 70년간 바벨론의 포로로 잡혀 있던 이스라엘 백성에게 돌아갈 날이 머지않다는 서창이다. 더 크게 구원자가 복역의 때가 끝났다고 말하며 내 백성을 위로하라고 전령을 보내는 서창이다.

나는 적어도 가상의 동생이 아니고 체온이 전해지는 동생을 안고 난 뒤, 통일을 향해 우리나라에 동이 트고 있다는 환상을 본다. 나뿐 아니라 우리의 상봉을 지켜본 국민도 통일을 향한 같은 환상을 보았으리라고 믿는다. 《동아일보》는 동생을 만나 남녘 동포들에게 남기고 싶은 말을 해 달라고 했다. 상봉 2일째에 긴넷, 권영환 선생은 인사동의 안국 갤러리에서 '통일 시 모음전'을 하다가 전시품 중 동생의 시, 「자리가 비어 있구나」의 사본을 가져 왔고, 「늙지 마시라」를 표구로 만들어 오른팔을 쓰지 못하는 불편한 몸으로 들고 와서 동생 편에 전해 달라고 부탁했다. 어찌 그의 염원이 단지 동생의 시를 전해 주는 것만이겠는가? 통일의 염원이었다. 50년 만에 좀 출혈을 하면 어떤가? 있는 자가 없는 자에게 사랑을 쏟으면 안 되는가? 소망을 갖는 자는 인내할 줄을 알아야 한다. 씨를 심으면 열매를 거두기까지 인내해야 한다. 철도가 개통되

자리가 비어 있구나
그은 신경림 백락청 현기영 김진경
그리고 간절히 우리를 청해 놓고
오지 못하는 사람들
하나 우리는 나무라지 않으마
그것을 나무라기에는
가슴이 너무도 아프고
터지는 듯 분하구나
지금쯤
어느 저지선을 헤치느라
온몸이 찢기어 피를 흘리고 있느냐
애국의 뜨거운 가슴을 열고
그들이 달려 오는 길을
그 누가 가로막았느냐
아 분계선을 자유로이 넘나들며
오가는 흰구름아
떠가는 흰구름아
우리의 이 목소리를 실어가다오
그리고 전해다오
오늘은 우리 돌아서서 가지만
마음만은 여기 판문점
이 회담장의 책상 위에 얹어 놓고
간다고
정의와 량심의 필봉을 높이 들고
통일의 길을 함께 갈
그 날을 기어이 함께 찾자고
바람아 구름아 전해다오

긴넷, 권영환이 쓴 「자리가 비어 있구나」

고, 편지를 주고받고, 전화가 소통되고, 전기를 나누어 쓰고, 경제 협력을 하는 가운데 통일이 무르익으리라는 소망을 두고 인내해야 한다.

5부

추모곡과
소원의 시

1995년 9월 22일 향년 83세가 되는 모친이 1995년 4월 3일 세상을 떠났다는 비보를 제3국의 어느 시인으로부터 받고 이북의 동생은 바로 「추모곡」을 썼다. 그러나 우리는 그 시를 읽지 못하고 2000년 8월 15일 그가 한국에 왔을 때야 그 시를 읽게 되었다. 그는 가족 면담 때 어머니께 술잔을 올리고 이 시를 낭독하였다.

여기 「추모곡」을 올리며 함께 「소원의 시」도 같이 올린다.

추모곡(연시)

그리움이 가기전에
북남의 겨레들이여
통일합시다
통일합시다

하루면 가는 가까운 곳에서
서로 멀리 그리워만 하지말고
사상도 가지고 있는 그대도
제도도 가지고 있는 그대도
북과 남이 합쳐
하나의 민주련방을 이룩하여
통일합시다
그리움이 가기전에
그리움이 가기전에

1995. 9

오 영 재

1. 무정

가셨단 말입니까
정녕 가셨단 말입니까
아닙니다, 어머니 어머니!
나는 그 비보를 믿고 싶지 않습니다

너희들을 만날 때까지
꼭 살아 있겠다고 하셨는데…
너의 작품, 너의 사진, 편지를 보는 것이
일과이고 락이라 하시며
몸도 건강하고 기분도 좋다고 하셨는데…

이 약속을 어기실 어머니가 아닌데
그 약속을 안 믿을 아들이 아닌데
아, 약속도 믿음도
세월을 이겨낼 수 없었단 말입니까
리별이 너무도 길었습니다.
분렬이 너무도 모질었습니다. 무정했습니다.

2. 슬픔

차라리 몰랐더라면
차라리 아들이 죽은 줄로 생각해 버리셨다면,
속고통 그리도 크시었으랴
통일이 되면 아들을 만나
불러보고 안아보고 만져보고 싶어
그날을 기다리다가 기다리다가 기다리다가
더는 못 기다리셨습니까 어머니

그리워 눈물도 많이 흘리시어서
그리워 밤마다 뜬눈으로 새우시어서
꿈마다 대전에서 평양까지 오가시느라 몸이 지쳐서…
그래서 더 일찍 가셨습니까.
아, 이제는 이 세상에 계시지 않은 어머니 나의 엄마!
그래서 나는 더 서럽습니다. 곽앵순 엄마!

3. 사랑

한 해에 두 살씩 어머니 나이까지 내가 먹겠으니
어머니는 더 늙지 마시라고 시를 써 보냈더니
어머니는 편지에 썼습니다.
〈네가 건강해야 가족이 건강하고 또 혈육이 서로 만날 때 건
강해야 하니까 한 해에 두 살씩 엄마 나이까지 먹지 말고 네 나
이만 먹고 늙지 말아라〉
세월에 자비가 없어
사람의 부탁을 들어줄 리 없건만
사연이 너무 간절해서
만약에 기적이 생겨
어머니 앞에 흐르기를 멈추려 했던들
어머니는 마다하셨으리
마다하시며, 마다하시며
오히려 아들이 더 늙지 않게
이 아들 앞에서 멈춰 달라 세월에 부탁했으리
그래서 아들 몫까지
한 해에 두 살씩 어머니 잡수시어
그리도 일찍이 가셨습니까
아, 아, 어머니!

4. 기어이 안기고 싶어

머리맡에서 어머니의 임종을 지켜드린 형님이여,
동생들이여
어머니께서 눈을 감으시기 전에
제 이름을 부르지 않습디까
제 사진 보고 싶다 하시지 않습디까
제 목소리를 듣고 싶다 하시며
주름 깊은 눈가에 이슬이 맺히지 않습디까

아, 사람들이 바라온 대로
죽어서 가는 다른 세상이 있고
어머니가 그 세상에서 다시 살게 되신다면
내 어머니 간 길을 찾아가리다
아이 적처럼 어머니 품에 기어이 안기고 싶어
눈물이 아니라 그 웃음을 보고 싶어…

그 세상엔
분계선이 없을 것 아닙니까
콘크리트 장벽도 없을 것 아닙니까

5. 남쪽 하늘

비보를 받은 날
제삿날은 아니지만
따로난 아들, 손자, 며느리 다 불러
어머니 영전에 절을 드려 명복을 빌었습니다

아침저녁 바라보던 어머니 사진
통일되는 그날까지 살아 계십시오
그렇게 간절히 기원한 그 사진에
눈물 젖은 손으로 검은 천을 드리웠습니다

통일되어
내 남행길에 오르게 될 그날
십 리 밖에서부터
어머니를 소리쳐 부르며 달려가려 했는데
이제는 누구를 부르며
고향 집 문을 열어야 합니까
어머니가 그리울 때마다
바라보던 남쪽 하늘

살아 계시는 어머니의 모습이
그리움의 눈물을 가득 담으시고
내 눈에 비쳐왔는데

어머니가 비끼던
그 한 조각 푸른 하늘마저
이제는 어머님 안 계시니
영영 깨어져 버리고
슬픔의 어두운 비구름에서
눈물의 빗방울만이 쏟아져 내리고 있습니다.

6. 편지

어머니 보내주신 편지

그 몇 번 다시 보고 또 읽어본 편지

정 깊은 그 눈빛이 비치었고

따스한 손길이 스쳐 간 편지

다심히 마음이 깃들고

인자한 목소리가 스민 편지

젖은 볼에 대어도 보고

가슴에 품어도 봅니다.

가셨으니

아, 가셨으니

이제는 이 편지가 어머니입니다.

7. 그리움이 가기 전에

어머니 가시니
그리움도 갑니다
두고 온 남녘에는
혈육들이 많아도
나를 낳아 젖을 먹여 키워주신
어머니만큼 그리운 이 있었습니까

이름도 얼굴도 모르는 친척
단 한 번이라도 정을 나누어보지 못한
그런 친척이야 남이나 뭐 다릅니까

한 지붕 아래서
한 이불을 덮고 자며
어린 시질 정을 나눈 혈육들이
하나둘 가기 전에
그리움이 가기 전에
북남의 겨레들이여
통일합시다

통일합시다

하루면 가는 가까운 곳에서
서로 멀리 그리워만 하지 말고
사상도 가지고 있는 그대로
제도도 가지고 있는 그대로
북과 남이 합쳐
하나의 민주연방을 이룩하여
통일합시다
그리움이 가기 전에
그리움이 가기 전에

1995년 9월

소원의 시

● 다시는 헤어지지 맙시다

만나니 눈물입니다
다섯 번이나 강산을 갈아엎은
50년의 기나긴 세월이
나에게 묻습니다
너에게도 정녕 혈육이 있었던가

아, 혈육입니다
다 같이 한 어머니의 몸에서 태어난
혈육입니다
한 지붕 아래 한 뜨락 우에서
다 같이 아버지, 어머니의 애무를 받으며 자라난
혈육입니다

뒷동산 동백나무 우에 올라
밀짚대로 꽃 속의 꿀을 함께 빨아 먹던

추억 속에 떠오르는 어린 날의 그 얼굴들

눈 오는 겨울밤

한 이불 밑에서 서로 껴안고

푸른 하늘 은하수를 부르던

혈육입니다

정이란 그렇게도 모질고 짓궂어

헤어져 기나긴 세월

때 없이 맺히는 눈물 속에

조용히 불러보는 이름들

승재 형 형재 동생 진(근재)이 홍(창재)이 필숙아 영숙아

이렇게 만났으니

다시는 헤어지지 맙시다

평양에서 서울까지 한 시간도 못 되게

그렇게도 쉽게 온 길을

어찌하여 50년 동안이나

찾으며 부르며 가슴을 말리우며 헤매였습니까

다시는 다시는

이 수난의 력사, 고통의 력사, 피눈물의 력사를

되풀이하지 맙시다

또다시 되풀이된다면
혈육들이 가슴이 터져 죽습니다.
민족이 죽습니다

반세기 맺혔던 마음의 응어리도
한순간의 만남으로 다 풀리는
그것이 혈육입니다
그것이 민족입니다

정견과 신앙이 다르면
통일은 못합니까
만나서 얼싸안으니
그 뜨거움도 같고 눈물도 같은데
그것이 통일이 아닙니까

우리가 우리지 남은 우리가 아닙니다
우리 힘으로 우리 손으로 통일합시다
그 누가 이날까지
우리의 이 길고 긴 아픔을 알아 주었습니까
누가 우리에게 통일을 선사했습니까
누가 우리의 통일을 바라기나 했습니까

다시는 헤어지지 맙시다.

형제들이여 동포들이여

영원히 리별이란 것을 모르고

7천만이 다 함께 모여 살

집을 지읍시다. 우리의 집을 지읍시다

고려 민주 연방공화국이란 큰집을 세웁시다

오늘의 이 만남의 길을

통일의 길로 이어갑시다

북과 남 두 수뇌분들이

힘겹게 솟구쳐 주신 통일의 그 샘 줄기가

순조로이 흐르도록 물길을 크게 내어 갑시다

아, 7천만이 바라고 바라던

민족의 새장이 펼쳐졌습니다.

위대한 력사가 흐르고 있습니다

반목과 대결의 얼음장을 녹이며

막혔던 분렬의 장벽을 부시며

화해와 협력, 대단결의 대하가 흐릅니다.

통일의 대하가 흐릅니다

이 밤이 가고

또 한밤이 가면

우리는 돌아갑니다
그러나 헤어질 때
형제들이여 울지 맙시다
다시는 살아서 못 보는
그런 영원한 리별이 아닙니다

서로가 편지하고
서로가 전화하고
서로가 자유로이 오고 갈
통일을 한시바삐 앞당깁시다

통일만이 살길입니다
더 늙기 전 더 늙기 전에
우리가 어린 날의 그때처럼
한 지붕 밑에서 리별 없이 살아 봅시다.
우리 다시는 헤어지지 맙시다.
다시는 헤어지지 맙시다

● 만나고 싶었습니다

고은과 오영재

만나고 싶었습니다
만나고 싶었습니다

우리는 손수건 백 장을 가지고 있어야 할 민족입니다
우리는 연사흘 울음바다였습니다
엉엉 울어
멍든 가슴을 쏟아야 했습니다
이제야 우리는 만났습니다

이제야 만나
뜨거운 인사를 나누었습니다
이렇게 만나게 될 것을
몇 10년 동안 서로 장벽이 되었습니다

우리는 하나의 말로 각각 달을 노래했고
한낮의 태양을 노래했습니다

우리는 두 시인
쓰라린 날들 모국어의 육친입니다
젊은 날을 온통 분단의 세월로 보내면서
그 철천지원수를 갈아엎고야 말
바람 찬 깃발이기를 열망한
남의 시인입니다
북의 시인입니다

오늘 밤 우리의 만남이
어찌 우리만의 것입니까
이로부터 수많은 동족의 눈물방울 빛나는
그 핏줄 타는 만남에 도달하기 위하여
우리의 만남은 작은 씨앗입니다

북의 시인이 말했습니다
우리는 시로써 통일로 나아갑시다

남의 시인이 말했습니다
우리는 통일로써 새로운 시를 씁시다.

(아, 집으로 초대하여 밤 이슥도록
술잔에 얼굴 붉어진 기쁨이었으면
더할 나위가 없겠습니다)

그날을 기약합시다
그날을 기약하여 그날이 오고 있습니다
이제야 만나고 싶었던 시와 시인이
만났습니다
만났습니다

서로 주름진 얼굴 마주 보며 밤이 깊어갑니다

* 이 시는 2000년 8월 17일 오후 8시 하얏트호텔 만찬장에서 고은, 오영재 시인
  이 합작으로 쓴 시이다.

6부

충심 어린 감사

제1차 이산가족 상봉이 끝나자 사리 때 물이 빠져나가듯 허전함만 남았다. 꿈에서 헤어진 가족을 만난 기분이었다. 그렇게 영영 연락 두절이 될 줄 알았다면 동생과 헤어지면서 가족 한 사람 한 사람에게 시간을 내어 더 긴 편지를 써서 보내는 것이 좋을 뻔했다는 생각마저 들었다. 나는 헤어질 때 동생 가족 대표로 몸이 약해 아프다는 은하(둘째 조카)에게만 편지를 썼다. 또 서로 서신 연락이라도 할 수 있을 것처럼.

　그러나 이제 한 번 만난 가족인 우리는 아직 만나지 못한 이산가족들을 챙기는 통일원의 관심 밖으로 밀려났다. 나는 동생이 돌아가는 편에 한 통의 편지를 보내고 곧 소식을 받을 수 있는 것처럼 기다렸으나 그것은 덧없는 생각이었다. 그렇지만 우리는 우뚝하니 먼 산만 바라보고 있는 것이 아니었다. 우리를 격려하고 도와준 분들 때문이었다. 우리를 도와준 많은 분 중 내가 가장 감사해야 할 분은 한남대학교에 같이 재직했던 **서의필** 교수이다. 자기 일처럼 안타까워하며 있는 힘을 다해 도와주셨다. 또한, 재일 교포 **김광숙** 선생을 빼놓을 수 없다. 그녀는 우리가 알지 못한 분이었다. 그러나 그녀가 이북에서 동생을 만나고 우리에게 연락해준 분이다. 그리고 2018년에 돌아가시어 지금은 고인이 되었지만, 동생의 어머니에 대한 그리움을 안타깝게 생각하고 노래를 남겨 준 **권희덕** 선생이 계시다. 그들에게 충심 어린 감사를 드린다.

서의필 박사님

서의필(John N. Somerville) 박사는 1953년에 미국 콜롬비아 신학교를 마치고, 1963년에 한국에 내한하여 성균관대학에서 동양철학으로 석사를 마쳤다. 1966년에 하버드대학에서 동아시아 지역사로 석사학위를 마친 뒤 다시 같은 대학에서 동아시아 역사와 언어로 박사학위를 받았다. 1954년에 내한하여 목포 지역에서 사역하면서 대학설립위원으로 대전기독학관(현 한남대학교)의 설립에 공헌하였고 1968년에서 1993년까지 한남대학에서는 동양철학을 강의했는데 군사정권 때는 요주의 인물(要注意 人

物)로 3개월짜리 비자밖에 받을 수 없어 많이 고생한 분이기도 하다. 부인 서진주(Virginia B. Somerville) 여사는 세계적인 부흥강사 빌리 그레이엄 목사의 처제이다. 그녀는 한남대학에 봉직하는 동안 남장로교(南長老敎) 선교 자료를 수집 정리하여 현 '인돈학술원'의 산파 역할을 했다. 이에 서의필 교수의 업적을 기려서 대학 개교 60주년인 2016년을 기해 그분의 동상을 건립하여 그의 집 앞에 세웠다. 서 교수는 1993년 명예교수로 은퇴하였으나 수시로 그가 살던 인돈학술원을 방문하여 묵고 가곤 했다. 1995년 유진 벨 목사 한국선교 100주년을 맞아 유진벨재단 설립에 참여하기도 했다.

맨 왼편이 서의필, 5번째가 서 교수의 부인 서진주(Virginia Somerville).
맨 오른편이 인세반(현 유진벨 이사장). 1995년에 찍은 사진

권희덕 선생님

2001년 5월 1일 예당엔터테인먼트에서 김희갑 작곡, 이동원, 권희덕 노래로 '권희덕 노래사냥 2집'이 나와 《코리아 타임스(Korea Times)》에 소개된 것은 참신한 충격이었다. 특별히 타이틀로 '**어머니의 사랑이 두 나라를 하나 되게 했다**'라는 것은, 감동이었다. 이념과 사상과 자기 과시나 정치적 동기 같은 꼬리표를 달지 않은 순수한 어머니의 사랑만이 이 두 나라를 하나 되게 한다는 것은 인간의 이성을 초월하는 진리이기 때문이다.

이 CD는 재일 교포 감광숙 선생에 의해 이북에 전달되었다.

김광숙 선생님

● **오승재 선생님 앞**

잘 계십니까? 소식이 늦어서 궁금하셨겠지요.

CD는 선생님께 8월 중순경에 정확하게 전달되었습니다. 늦었지만 제 친구가 직접 만나뵈어서요. 아주 기뻐하고 계시더랍니다. 그러면서 인사를 전해 달라는 말씀을 전하셨답니다.

건강에 유의하셔서 하시는 일에 성과가 많으시길 바라면서. 안녕히 계세요.

2001년 9월 1일

김광숙 드림

● **오승재 선생님 앞**

선생님께서 보내주신 편지는 지난 9월 19일에 받았습니다. 묘소의 사진은 그대로 보내주시면 영재 선생님 편에 넘기도록 하겠습니다. 가까운 시일에 영재 선생님의 아드님께서 오신답니다. 그러니 그때 넘기려고 생각합니다. 당분간은 저도 이북에 찾아갈 기회가 차례지질 않을 것 같기에.

수재 문젭니다만 좀 피해가 큰 것 같습니다. 영재 선생님께서 사시는 곳은 괜찮은데 많은 지역이 피해를 입었습니다. 이곳에 서는 많은 지원을 보내도록 하고 있습니다.

편지를 받은 것과 운명하신 모친에 대해서는 영재 선생님께 곧 알리겠습니다.

아무쪼록 명복을 빌며, 선생님께서도 옥체 건강하시길 바랍 니다.

1995년 9월 20일

김광숙 드림

7부

동생이 남긴 흔적

제1차 남북 이산가족 상봉 후 허전한 마음은 이루 말할 수 없었다. 안 만났으면 좋을 뻔했다는 생각이 들 정도였다. 그러나 큰 사람이 오고 간 흔적은 쉬 가시지 않았다. 주변에 우리 가족의 헤어짐을 안타까워하는 사람들이 많았다. 그것은 우리만의 일이 아니었고 통일을 열망하는 사람의 마음이 우리와 함께한 것임을 느낄 수 있었다. 그래서 2005년까지는 이런저런 방법으로 서신 왕래가 가능했다.

서신 2001-2005

● **사랑하는 조카딸 은하에게**

  - 제1차 이산가족 상봉을 마치며

뒷줄: 좌로부터, 혜심 남편, 설악, 은하, 영재, 설악 처, 혜심
앞줄: 좌로부터, 혜심 아들, 은하 아들, 설악 아들

    이번 남북 이산가족 상봉을 통해 너의 아버지를 만나게 된
것은 참으로 소나기 같은 기쁨이었다.

    너의 아버지가 남쪽을 방문하게 된 100명 속에 끼어 있게 된
것은 참으로 김정일 장군의 크신 배려로 생각하고 그분께 감사

를 드린다. 혈혈단신으로 북녘 땅에 떨어진 씨앗이었는데 입혀 주고 먹여 주고, 또한, 작가 학교까지 보내어 이제는 위대한 시인으로 활약까지 하게 해 주셨으니 얼마나 감사한 일이냐. 너의 아버지가 가지고 있는 재능은 하늘로부터 주어진 것이겠지만 그 재능을 갈고닦아 빛내게 해주신 분이 있었다는 걸 새삼 느끼며 감사하고 있다. 아무쪼록 너의 아버지는 주어진 재능으로 시를 쓸 때마다 사람들을 감동하게 해 읽는 사람들의 삶을 크게 변화시키는 힘의 원천이 되기를 바란다.

사랑하는 은하야! 내가 가장 슬픈 것은 네 건강이 나쁘다는 소식이다. 어머니를 잃고 가장 가슴 아파하는 사람은 아버지겠지만 네가 피곤하고 아플 때 품에 안기고 짜증을 마음대로 부리고 싶은 어머니가 없을 때 느끼는 너의 서러움은 얼마나 크겠느냐? 우리가 곁에서 너를 마음껏 돌볼 수 없는 것은 가슴 아픈 일이다. 그러나 절망하지 말고 나을 것이라는 꿈을 가져라. 소망하는 사람은 결과를 참고 기다리는 사람이다. 중요한 것은 너의 마음가짐이다. 또 우리 조국은 반드시 통일되며 그리던 남녘의 오빠, 언니, 동생들을 만날 수 있다는 꿈도 가져라. 평안한 마음으로 기다리면 병은 물러가게 되어 있다. 먼저 정신으로 이겨야 한다. 너의 병도 낫고 언젠가는 통일도 올 것을 나는 믿는다. 나는 내가 믿는 하나님께 네가 꼭 낫게 해달라는 기도를 매일 한 번도 빼지 않고 할 것이다. 네가 쉽게 쓰러지겠느냐? 너의 어머니도 만나보지 못하고 이 세상을 떠나보낸 것이 가슴 아픈데 통일 전에 너까지 보내면 우리는 견딜 수 없을 것이다. 부디 마음을 든든히 가지고 먼저 정신으로 병을 이겨라.

아버지는 이제 떠나면 자기는 또 외로울 수밖에 없다고 말했는데 나는 너의 아버지가 그렇게 약한 분이라고 생각하지 않는다. 우리도 가까이 살면서도 몇 년이고 못 만나고 지내는 친척이 많다고 했더니 "담배를 호주머니에 넣고 안 피우는 것과 담배가 없어서 못 피우는 것은 다르다."라고 말씀하셨다. 그렇지 내가 건넨 위로의 말은 그건 옆에 많은 친척을 두고 하는 사치스러운 말이겠지. 그러나 우리는 서로 편지를 주고받을 날이 머지않을 것이다. 꿈을 갖자. 그리고 인내심을 가지고 기다리자. 큰아버지와 우리 형제 가족 모두가 이 편지에 담뿍 사랑을 담아 보낸다. 네 마음에 체증이 내려가듯 후련해지길 빈다. 우리는 꼭 만날 날이 있을 것이다.

설악, 설림, 혜심에게도 안부를 전한다. 몇 가지 간단한 선물은 우리들의 사랑을 담은 것이다. 그리 알고 쓸 때마다 우리를 기억해라.

평안한 마음을 가져라. 건강하여라.

2000년 8월 17일 이산가족 상봉 후,
큰아버지 승재와 그의 식구
그리고 모든 형제간의 식구들이

- 늘 보고 싶은 형재 삼촌!

(…)

저는 어렸을 때부터 어머니에게서 글짓기 지도를 받으며 시와 소설을 썼어요. 대학 3학년 때는 전국적인 청년 문학경연에서 단편소설 「소중한 모습」으로 1등을 했습니다. 루이제 린저만 한 여류소설가가 되겠다고 야심만만하던 제가 건강으로 나래를 다 펴지 못하고 있으나 곧 나을 겁니다. 늘 마음속으로 시를 쓰며 몸이 낫는 여가이면 글을 지으며 통일 조국이 빨리 되게 노력하겠습니다.

2017년 11월 16일 오형재가 통일원에서 이산가족 이야기 인터뷰를 하면서
오두산 전망대의 전시실에 기증한 오은하의 반지

삼촌, 욕하지 마시고 받아주세요. 제가 8년간 만경대 소년궁전에서 지도 교원을 하면서 끼었던 은반지인데 쓸쓸한 거지만

제 마음인 줄 아시고 꺼 주세요. 꼭 사용해 주어요. 늘 기쁘게! 삼촌과 함께 있고 싶어요. 삼촌, 오빠, 언니들께 인사드려요. 안녕히.

Mlky-way.

2001년 4월

오은하

● 보고 싶은 영재 형님께

오늘은 2001년 8월 15일! 지난해 이때의 일을 생각하면 지금도 가슴이 뜁니다.

참으로 꿈만 같은 며칠이었지요. 16살 때 헤어진 형님이 66살이 되어 서울에 오시다니! 형님 자신도 지난 8·15의 만남이 아련하게, 그러면서도 너무도 강렬하게 다가왔던 현실을 회상하시겠지요. 형님과의 상봉 이후부터, 저는 가끔 지구 밖의 한 외계인이 잠깐 지구를 방문하고 홀연히 떠나버린 것 같은 착각에 사로잡히곤 합니다. 형님이 떠난 후 나의 뇌리에는, 만나서 기뻐 울었던 기억 이외에도, 형님이 개별 상봉 때 한 말씀들이 '오영재 어록'으로 남습니다.

"이념은 달라도 이렇게 얼싸안았을 때, 우리의 뜨거운 체온과 눈물은 같지 않았냐.", "창덕궁의 매미 소리나 묘향산의 매미

소리는 다 같은데… 나는 여기서 묘향산에 온 기분을 느낀다.", 남쪽의 기자들이 자꾸 시 한 편 급히 써달라는 재촉에 "나더러 창작 설사를 하라는 말이냐." 등등.

형님이 남긴 서정시적 표현들은 남쪽의 언론에 순식간에 전파되었지요. 형님의 시가 그만큼 우리 마음에 와닿았다는 증거겠지요. 자고로 형수님이 안 계신 그곳, 형님의 외로움과의 싸움을 상상합니다. 남쪽에서 가져온 사진 앨범을 같이 보며 "이 사람이 누구며 이 애가 누구라더라."를 나눌 대상이 조카들밖에 없으니 말입니다.

형님께서 올 4월에 일본에서 배포되는 《조선신보》에 낸 글은 이곳 《일간 스포츠》에서 인용 보도되어 읽어보았습니다. '물어볼 말 다 물어보지도 못했는데'라는 제목 아래 실은 글 말입니다. "우리는 헤어질 때 울지 말자. 통일되면 다시 만날 수 있지 않으냐." 하시며 설움을 달랬다는 그 대목을, 저는 '통일이 오기 전에라도 다시 만날 수 있지 않느냐.'로 고쳐 읽기도 했습니다.

몇 달 전 이곳 영화인 10여 명이 북녘을 다녀온 일이 있었기에 그다음은 남북 문인 간의 교류로 이어질 것으로 기대했었는데 그 일이 이뤄지지 않아 안타깝습니다. 이곳 천만 이산가족은 우선 서신 교환과 면회소 설치를 한결같이 원하고 있습니다. 양쪽 당국의 이 문제를 위한 노심초사를 이해하나, 우리는 그날이 속히 오기를 고대하고 있습니다.

몇 달 전으로 기억합니다. 북한 결핵 환자 위문차 평양을 포

중앙 키 큰 분이 서의필 교수(목사), 모란봉 공원인 듯

함해 결핵 병원이 있는 곳을 두루 방문해 온 대전 한남대 서의
필(John N. Somerville) 교수를 통해 전달된 형님의 서신과 조카
은하의 편지는 우리 온 가족들을 너무도 기쁘게 해주었습니다.
'아니 어떻게 이런 일이…'. 특히 은하는 8년 동안 꼈던 자신의
반지를 저에게 보내줘 저를 무척 감동시켰고요.

그러나 막상 끼어 보니 맞질 않아 동대문구 청량리의 모 금
은방에 가서 좀 키워 달라고 했지요. 그 금은방 사장이 저를 물
끄러미 쳐다보더니 텔레비전에서 형님과 저를 보았다며 무료로
키워 주었습니다. "나도 이산가족을 위해 도울 수 있는 일이 생
겨 기쁘다."라면서. 오늘 아침 저는 새삼 왼쪽 어깨에 느껴지는
반지의 무게를 실감하며 저의 연구실에 왔습니다. 이산가족 이
별의 아픔, 그리고 은하에 대한 그리움이 동시에 다가왔기 때문
입니다.

"은하야, 건강해야지?"

지난 4월 초에는 서울에 있는 모 회사에서 시 낭송회를 개최하였습니다. 어머니를 소재로 한 남북한 시인 열네 분의 시를 모아 낭송회를 가진 것입니다. 북한의 시인으로는 형님 외에 리석의 「어머니의 손」, 신지락의 「어머니의 모습」, 량덕모의 「고향과 추억」, 황성하의 「기다린 봄」, 김기호의 「아직은 말 못 해」 등 6편입니다. 특히 형님의 「늙지 마시라」에는 곡을 붙여 낭송을 노래로 대신하여 이채로웠습니다. 평양에서도 이 낭송회가 이루어진다면 얼마나 좋을까요.

아! 우리의 재회는 언제 또 이루어지나요? 그래도 우리는 다행합니다. 아직 우리는 고령(高齡)은 아니기 때문입니다. 우리 이산가족은 김정일 국방위원장의 답방을 그런 차원에서 매우 바라고 있습니다.

형님. 우리 기다립시다. 반세기를 기다렸는데 이제 더 못 기다리겠습니까? 조카들에게 일일이 편지를 보내고 싶지만, 지면의 제약으로 불가했다고 이해시켜 주십시오. 형님께서 염려하신 막냇동생의 일도 서서히 좋아지리라 생각합니다.

늘 승리하는 하루하루가 되시기를 간절히 소원합니다.

2001년 8월 15일
이제는 멀지 않은 서울에서, 아우 형재 드림

• 보고 싶은 은하에게

(…)

내가 맨 처음 은하의 이름을 알게 된 것은 《통일예술》지의 「나의 발자국」에서였고, 은하의 얼굴을 처음 본 것은, 캐나다의 《뉴 코리아 타임스》 사장님이 제작한 비디오를 통해서였어. 그 비디오에서는 온 식구가 다 나오지 않고 부모님과 혜심, 은하 정도로 기억되는데 혜심의 목소리는 못 듣고 은하의 발랄한 몇 마디 말을 들은 기억만 있어.

은하의 반지에 관한 이야기는 동봉한 《한겨레》 신문을 보기 바란다. 그 편지 맨 끝에 은하 이름 대신에 'Milky Way'라고 썼 던데 그렇다면 은하도 영어를 그곳에서 배운다는 말이겠지. 나 는 러시아어를 다음 몇 마디밖에 몰라. ─ 야 뽀니마유(알았어), 하라쇼(좋아요) 등등.

신문에서도 언급하였지만, 은하, 늘 건강해야지? 지금 상태 는? 그리고 승송(은하의 딸)과 아빠(은하 남편)에 대해서도 좀 알 고 싶다! 서의필 교수님을 통하여 보낸 약간의 금액은 너의 건 강을 위해 사용하길 바란다.

전국 고등학교 문예경시대회에서 입상한 일이 있다는 말 듣 고 너의 탁월한 능력에 모두 감탄하였다. 건강만 잘 유지되고 네가 그 길로 정진(精進)한다면 그곳에서 유명한 여류작가가 될 수 있을 텐데….

작년 8·15 상봉 때 있었던 일 한 가지를 소개하겠다. 마지막 가족과의 저녁 식사가 서울 시내 '삼원가든(庭園)'에서 있었는데 나는 식사가 끝날 때쯤 「우리의 소원은 통일」 대신 「따오기」를 부르면 어떨까 하고 사회자에게 부탁했으나 승인되지 않았어. 아버지께서 할머니가 그리울 때면 룡성맥주를 마시며 불렀다 는 그 노래였기에….

보일 듯이 보일 듯이 보이지 않는
따옥 따옥 따옥 소리 처량한 소리
떠나가면 가는 곳이 어디 있더뇨
내 어머니 가신 나라 해 돋는 나라

할머니는 해 돋는 나라에서 우리를 지켜보고 계셔. 은하의 건강도 지켜보고 계실 거고. 나는 반지를 끼면 반지와 손가락 사이에 비눗물이 고일 때가 있어 끼기도 하고 안 끼기도 한데, 은하가 준 반지는 늘 끼는 편이야. 어떻게 해서 나에게까지 전 해진 건데…. 반지에서 은하의 체취(體臭)를 느껴.

어머니의 자리를 너희들이 많이 메워 드리렴. 아버지가 쓰신 장편 시 「대동강」을 읽어보았더니 아버지가 먼 길을 가게 되는 데 은하가 꼼꼼하게 여행에 필요한 것들을 챙겨드렸다고 쓰여 있더군. 「행복한 땅에서」도 읽었고 금년 5·6월 호 《조선문학》에 나온 아버지의 글도 읽었어.

너의 몸 건강, 마음 건강을 빈다.

2001년 9월 6일

서울에서 삼촌 형재가

● 그리운 승재 형님

서의필 선생을 만나게 되는 오늘은 10월 1일 추석입니다.

먼저 모란공원(경기도 남양주시 소재)에 모셔져 있는 아버지 어머니의 묘소 앞에 둘째 영재는 큰절을 드립니다.

꿈과 같이 상봉한 그날로부터 1년이 지났습니다. 형님을 비롯하여 형재, 근재, 창재, 필숙이, 영숙이 그리고 병채 작은아버지 그리고 형수님을 비롯하여 제수님들, 매부님들 그리고 조카들에게 저의 인사를 전해 주십시오.

늘 저를 잊지 않고 바쁜 일정 속에서도 찾아주시며 전해 주시는 서의필 선생님이 고맙습니다. 저도, 저의 아들딸들도 경애하는 장군님 사랑 속에서 다 건강히 잘 있습니다.

형님이 보내준 CD판 「늙지 마시라 어머니」를 잘 받았습니다. 작곡해 주신 김희갑 선생님과 노래를 잘 형상해 주신 이동원, 권희덕 선생님들에게 저의 고마운 인사를 전해 주십시오. 1차 방문 시 저에게 미주의 김영희 선생님이 축하 전보를 보내주었는데 경황이 없다 보니 인사불성이 되고 말았는데 늦었지만, 이

제라도 감사 전문을 형님이 보내주십시오. 그리고 건강과 행복을 바란다고 해주십시오,

2001년 10월 1일

평양의 동생, 영재 올림

● 늘 보고 싶은 삼촌께 드립니다

그간 뵙고 싶었던 사연, 짧은 몇 줄에 다 담자니 아름찹니다. 그동안 그리운 삼촌은 앓지 않으셨는지, 어떤 나날들을 보내셨는지 몹시 알고 싶어요. 제 어릴 적부터 친근하게 몸 기대고 산 것같이 가깝게만 느껴지는 삼촌, 때 없이 그 모습을 떠올릴 때면 마음 밝아지고 즐거워지곤 합니다.

여기 평양도 가을입니다. 어느덧 그때부터 한 해가 지나가고 가을이 왔습니다. 속절없는 세월과 함께 그리움만 쌓여지고, 묻히는 낙엽 속에 만나야 할 사람들의 인생도 묻히고 마니, 원통하고 가슴 답답해요. 이 은하는 여전히 여기 만경대구역 축전동에서 아들애와 함께 아버지를 모시고 살고 있습니다. 남 같지 않은 몸 상태에 이제는 익숙해져 혼자서도 몸을 돌보며 기쁘게 지내고 있어요. 아들애는 올해 인민학교 1학년에 입학하였습니다. 생활의 변화들은 느낌 속에서 저를 많이 가르치고 있습니다.

삼촌께 말씀드릴 일이 생겼습니다.

저 자신을 위해 언제까지 귀하신 아버지를 희생시킬 수 없다고 생각하였습니다. 그것이 또한 아버지를 위해 작은 저로서 유일하게 해드릴 수 있는 도리라 생각했기에 아버지의 만류에도 불구하고 새어머니를 모셔드렸습니다. 우리 4형제가 진심으로 축원해 드렸습니다.

사랑과 정열의 화신이셨던 어머니, 아마 어머니도 우리들의 처사를 탓하지 않으시리라 생각했고 또한 이것이 여생을 통일을 위해 바치시려는 아버지를 더 잘 모시는 길이라 생각하였습니다. 어머니 유골은 지금 제가 모시고 있습니다. 아버지는 지금 서사시를 창작 중입니다.

동생이 새로 맞이한 아내 김영희

참, 삼촌의 공개 편지 내용을 알게 되었습니다. 제 마음의 크기만큼 받아 주신 삼촌의 마음이 너무 크고 고마워 울었어요. 어쩌면 마음이 깊고 뜨거우신 분일까! 전 행복했어요. 그 하나만을 간직하고도 외롭지 않고 기쁘게만 살 것 같습니다. 이따금 몸이 불편할 때면 절 고무해 주시던 큰아버님이랑 고모님들, 삼촌을 생각하면서 힘을 내곤 합니다. 통일된 다음 부끄럽지 않게 친척들을 만나야겠다는 생각에 자책도 많고 자각도 하며 삽니다.

멀리 계셔도 언제나 가까이에 있듯 늘 맘속에 이 은하를 두시고 사랑해 주시는 삼촌! 늘 고맙고 그리운 마음 간직하고 살겠습니다.

삼촌의 건강만을 바라며, 삼촌 어머니와 온 가족의 영화를 기원합니다. 또한, 고명한 가문의 명성이 우리 후대에까지도 남북 어디서나 그 빛을 잃지 않기 바랍니다.

고마우신 서머빌 목사님께 다시 한 번 우리 온 식구들의 인사를 전해드립니다.

상봉을 위한 이별은 슬프지 않다고 했기에 저는 기쁘게 펜을 놓습니다.

삼촌께 매달릴 날이 언젠가 오겠지, 그날이 그립습니다.

2001년 10월 1일 오전 7시
평양에서 은하 올림

● 다시 그리워지는 형님께

형님을 만났던 기억이 엊그제 같은데, 벌써 3년의 세월이 훌쩍 지나갑니다. 쏜 화살처럼, 흐르는 강물처럼 세월은 지나간다는 말을 새삼 실감하며 살고 있습니다.

형님의 새로운 근황이 생기면 이곳 컴퓨터에서 가끔 볼 수 있는데 지금까지 올라온 기사 중 최근의 것은, 2002년 문학 부문 수상자 명단에 젊은 작가들이 등장했다는 소식과 함께 그 이전 수상자를 거명하면서 형님의 이름이 소개되어 있고 그 이후의 근황이 없었는데, 얼마 전에 형님의 「옛 병사 시절에 대한 추억」(2003.4.)을 읽을 수 있어 얼마나 기뻐했는지 모릅니다. 형님의 안부를 간접적으로나마 들을 수 있었기 때문입니다.

경북 대구에 북의 선수들이 응원단과 함께 온다는 소식을 듣고 있습니다. 이렇듯 자주 남과 북이 만나는 일은 매우 바람직하다고 생각합니다.

저는 지난 2월 말로 서울시립대에서 25년간의 교직 생활을 마치고 은퇴하였습니다. 한국에서의 대학교수는 65세가 정년입니다. 지금은 명예교수로 있으면서 매주 이틀만 나가면 됩니다. 시간제 강사(실질적으로는)인 셈이나 타 기관에 자문 위원이 되는 데에는 지장이 없습니다.

대전 형님은 잘 있습니다. 형수님은 건강하시기는 한데 이제 먼 여행은 불가하십니다. 우리 집사람도 건강한 편이지만 갑상선 기능 저하로 알약을 조금씩 복용하고 있지요. 제 맨 막내(1970년생)가 아직 미혼이어서 부모로서는 결혼을 재촉하고 있습니다.

이번 8·15 행사가 평양에서 열리게 되어 인편에 조카들에게 일일이 쓴 편지를 보냅니다. 은하를 위한 녹차를 4통 보내는데 잘 도착했으면 좋겠습니다. 조카들에게 조그마한 선물이라도 보내고 싶지만 여의치 않네요.

분야별 남북 간 교류가 조속히 그리고 활발하게 이루어졌으면 합니다. 그래야 형님을 보다 가깝게 만날 수 있을 테니까요. 조카들도 만날 수 있을 것이고…. 그리고 무엇보다도 빈번한 서신 교환과 면회소 설치가 추진되었으면 합니다.

아, 참!
(재혼한) 형수님께 인사드립니다. 저는 셋째 삼촌입니다. 일전 형수님이 형님과 같이 찍은 사진을 보았습니다. 너무 우아하시고 중국말로 '피아오량(예쁘다)'이셨습니다. 문학에도 조예 깊으신 것 같았습니다. 글씨도 달필이시고…. 가능하시면 저에게 짤막한 내용이라도 답을 주시면 감사하겠습니다. 이곳의 온 식구

들에게 소개하겠습니다. 형님을 잘 도와주십시오. 유머가 풍부하기도 하지만 외로운 형님이기도 하니까요.

형님께 드릴 말은 앞으로도 좋은 글 많이 쓰십사 하는 것입니다.

은하의 건강을 위해 저는 늘 기도하고 있습니다. 문학적 소질이 뛰어난 조카인데! 여기서 보낼 수 있는 약이 있다면 알려 주십시오. 앞으로 남북관계가 많이 개선된다면 그만큼 인편도 많아지겠지요. 형님의 시에 나타난 결론대로 이 땅 위에는 평화만이 정착되어야 하겠습니다.

큰 형님이 쓴 책 중, 『제일교회』가 맘에 들었다기에 저도 읽어 보았습니다. 공감이 많이 갔습니다. 형님의 「어머니」 시에 곡을 붙인 디스크를 형님은 받으셨다고 했지요? 디스크 제작과 관련한 내용이 독일의 《디 벨트(Die Welt)》 지에도 났습니다. 형님의 서정적인 다른 시들을 남쪽 사람들이 다시 들을 수 있는 날이 속히 왔으면 좋겠습니다.

늘 건강하세요. 너무 담배 자주 피우지 말고요. 술도 마찬가지입니다.

2003년 8월 13일
서울에서 형재 드림

● 그리운 북녘의 형님에게

사람들은 변덕이 심하지만, 자연은 정직하여 늦은 봄이 되니 6월의 푸르름이 성하의 계절을 재촉하는 것 같습니다. 형님을 서울에서 만난 지도 어언 5년이 되었네요. 그간 어떻게 지내셨습니까?

이곳의 변진홍 교수님을 통해 형님과 4명의 조카들에게 보낸 편지는 받아보셨습니까? 지난번 변 교수님이 갔을 때 형님을 대회 마지막 날 잠깐 만나 편지를 전했다면서 첫날에 전했다면 혹시 조카들의 답신을 받아 올 수도 있었겠다고 하더군요. 매우 아쉬웠습니다.

이번에 꼭 형님을 만날 것으로 알고 무척 가슴을 조였는데 615명 중에는 끼었으나 300명 권에 들지 못하여 만남의 꿈이 무산되었습니다. 얼마나 서운한지 말로 다 할 수 없습니다. 다음 기회로 재회를 미루어야 하겠습니다.

형님의 활동은 이곳에서도 조금씩은 알고 있습니다. 인터넷을 통하여 형님의 활동(주로 창작사에 글을 올린 일), 2003년도의 수상자 명단, 동판에 글을 쓰는 사업이 인기를 얻고 있다는 사실 등이 인터넷에 올라와 있기 때문이지요.

앞으로 형님은 통일을 위하여 연구하실 일이 있습니다. 남북 간에 언어가 많이 달라지고 있습니다. 앞으로 문인 교류가 평양과 서울 간에 잘 이루어진다고 가정하고 언어를 하나로 묶는 연구를 해나가셨으면 합니다. 남북한 사람들이 모두 박수를 칠 것입니다.

새 형수님은 은하의 편지(나에게 보낸)에 약간의 수정을 해주시는 등 (나의 말이 맞나요?) 매우 자상하시고 또 지성미가 있어 보였습니다. 형수님의 이름과 나이를 외우는 일은 너무나 쉬워요. 이름은 미국의 이영희 회장과 같고 나이는 막내 영숙이와 같기 때문이지요.

나는 2002년 2월 28일부로 서울시립대학교 컴퓨터학부의 교수직에서 은퇴하여 명예교수로 있으면서 일주일에 3시간만 강의하고 있습니다. 근재[10] 동생도 내년 2월에는 은퇴합니다. 대전 형님은 칠십이 넘어 이제는 하던 강의도 하지 않기로 했답니다.

형님과 조카들, 형수님의 답장을 받았으면 합니다. 아주 짤막하게 써 주서도 됩니다. 형님의 건강, 특히 은하의 건강은 어떠합니까? 내가 은하를 위하여 무엇을 할 수 있는지 궁금합니다.

이번 행사 때 이곳에서 문예 분과에 몇 명이 가는지 모르지만 분예총(문화예술인총연맹)에서는 4명만 가는 것으로 알고 있습니다. 좋은 대화 나눌 수 있기를 기대합니다. 네 명 중 한 분

---

10) 홍익대 졸업, 동 대학교의 조형대 4, 5대 학장 및 영상대학원장 역임. 한국디자인진흥대회 대통령상 수상. 현 한국디자인학회 고문.

은 정지영 감독인데 내일(월요일) 만나 인사해 두려고 합니다. 정 감독은 형님에게 나의 안부를 전하리라 생각합니다.

사연은 많지만, 이 정도로 줄입니다. 형님. 보고 싶습니다. 영어로 '아이 러브 유'입니다.

2005년 6월 12일
형재 드림

● **남녘의 형재 동생에게**

승재 형님을 비롯하여 근재, 창재, 필숙이, 영숙이 다 잘 있는지. 헤어져 5년 세월이 어느덧 흘렀구나. 정말 보고 싶다. 형수님을 비롯하여 제수님들 그리고 조카들에게도 인사를 전한다.

전번 남북작가대회(7월 20~7월 25일) 때 시인 안도현 선생을 통해 「내 민족 내 핏줄」을 동생에게 보냈는데 받아보았으리라고 생각한다. 안도현 선생은 참 좋은 분이다. 고마운 사람들이 나서서 이렇게 연락을 취하게 되어 그분들에게 감사의 마음 금할 수 없다.

정세도 좋아가니 어쨌든 살아만 있으면 꼭 만나게 될 것이다.

5년 전에 서울에 갔을 때 동생 형재가 몸이 약해 보여 걱정을 했었는데 제발 건강을 잘 돌보아 주기 바란다.

은하의 건강에 대하여 동생이 걱정을 많이 했는데 건강 상태가 매우 좋아졌고 맏아들 설악은 출판 사업에 분투하고 있다. 다시 만날 때까지 건강하기를 바란다. 제수님과 지영이에게도 인사를 전해 다오.

새어머니의 건강 상태도 좋고 나를 잘 돌보아 주고 있고 얼마 전에는 백두산 지구에 반년이나마 현지 생활을 하고 돌아왔다. 딸 혜심이는 식료공학 기사로 열심히 일하고 있고, 살림이는 컴퓨터도 잘하고 영어도 잘하는 화가로 일을 잘하고 있다.

11월 17일은 나의 칠십 년 생일, 칠십 돌이 되는데 형제들 생각이 더욱 간절하구나. 할 말은 많은 데 이만 쓰겠다. 다시 언급하는데 부디 건강들 하기를 바란다.

2005년 10월 25일

오영재 씀

— 동생이 새 마누라에게 따뜻한 문안 편지를 보내주면서 필적이라도 받아보았으면 했는데 여기에 마누라의 간단한 인사를 적는다.

멀리 계시는 시동생분에게 문안 인사를 드립니다. 훌륭한 분의 반려가 되어 정말 마음속으로 행복하게 생각합니다. 오영재 선생님이 외로운 분인데 잘 돌보아 드리라는 시동생분의 당부는 늘 잊지 않고 있습니다. 아무쪼록 몸 건강하시어 온 가정에 화목과 즐거움이 넘치기를 진심으로 바랍니다. 김영희 드립니다.

아리랑 축전은 2005년 10월 12일부터 13일까지 2박 3일로 한겨레 통일문화재단에서 북한 방문단 130명을 선발한 일이 있었는데 오형재는 거기에 끼어 참석한 일이 있었다. 숙소는 양각도 국제호텔이었다. 그는 이북의 형이나 그 가족을 만나 보지 못한다고 할지라도 그 가까이라도 가고 싶었던 것 같다.

그가 찍어온 사진과 파워포인트로 편집한 것도 있지만 그가 축전에 참석해서 마지막 느끼고 온 글만 올리겠다.

아리랑 축전에서 느낀
마음의 아픔

아리랑 축전에 참석한 오형재

(…)

　카드 섹션에서는 북한의 아름다운 명승지, 사회주의 찬양 구호, 매스게임의 뜻을 나타내는 프로그램 제목 등 공연 80분 동안 보여준 메뉴는 족히 100 화면은 될 것 같았다. 대부분 화면은 정지해 있지 않았다. 예를 들어 아침 햇살을 받는 자연풍경이라 하면, 영롱한 햇빛으로 인해 나무 잎사귀가 반짝반짝 빛나도록 연출했다.

매스게임 또한, 일사불란하고 컬러풀하게 입은 출연자들의 다이내믹한 율동은 관람자들의 찬사를 자아내기에 충분하였다. 인원이 적은 경우와 비교하여 대규모 참여자로 인해 느껴지는 또 다른 웅장함과 중후함도 있었다.

이러한 축전이 이 지구상에 북한 말고 또 있을까를 생각하며 필자는 여기에 동원된 출연자들 가운데 카드 섹션에 참가한 2만여 명에 대해 알아보았다. 놀랍게도 그들은 12~16세에 해당하는 중학생들이라 했다. 우선 100컷의 장면을 연출한다고 가정하더라도 한 중학생은 네모진 빳빳한 용지(그것도 약간 큰 것으로) 100장은 가지고 자기 자리에 앉아 있어야 할 것이었다. 지휘자의 신호로 일제하 자기 몸 앞에 카드를 내놓아야 하는 일을 100회나 했을 것이다. 100매의 카드를 그동안 짊어지고 어린 학생들이 연습에 임했을 것으로 생각하면 가슴이 미어진다. 카드는 4개월 정도 연습했다고 하지만 필자 생각에는 1년은 소요되지 않았을까 생각한다. 평양에서 다니는 중학생들은 거의 전원 동원되었으리라는 생각이 든다(평양 인구는 약 200만이다). 관람자로 우리 일행 말고도 꽤 많이 와 있었다. 그러나 그들과 우리 일행(또 다른 팀도 있었음)을 합한다 해도 관람석은 3/5 정도밖에 차지 않았다. 가이드의 설명에 의하면 관람자들은 평양시 외의 지역에서도 상경한 주민들이라 했다. 80분 정도의 공연을 마치고 우리는 타고 온 버스에 오르기 시작했다. 그때 우리의 눈시울을 적시기에 충분한 장면이 연출됐다. 2층짜리 5·1 경기장의

카드 섹션의 한 장면

베란다에서 관람했던 평양 주민들이 나와 우리 버스가 떠날 때까지 손을 흔들어 주는 것이었다. 필자는 눈물을 많이 흘렸다.

그들이 손을 흔드는 행위는 그렇게 하도록 지시를 받았기 때문일 것이다. 그러나 필자는 그 순간 그중에 한두 명이라도 다음과 같은 생각으로 울먹이면서 손을 흔들어 주었을 형제가 있으리라 생각한다. '남한 형제들이여! 잘 가시오. 우리는 지금까지 이렇게 통제된 속에서 당명(黨命)에만 순종하며 살아왔소. 우리를 도우시오. 지리적, 물질적, 통일은 급선무가 아니오. 서로 만나고 싶을 때 만나면 되지 않겠소. 우리의 하루하루의 삶은 너무 힘들고 고달프오.'

순간 다음 성경 구절이 생각났다. 사도행전에 한 마케도니아인이 남루한 옷을 입고 소아시아 지방을 여행하려 했던 바울에게 나타나 "우리를 도우시오."라고 말한 장면 말이다. 평양이라면 유엔 국가의 한 수도인데 시내는 참으로 침울한 느낌을 주었다. 다니는 차가 별로 없고 시민들도 눈에 띄지 않았으며 네거리에는 신호등도 없었다. 사회주의 국가니 길가에 상점이 즐비할 필요가 없다. 시내 어디에도 이른바 '변화'가 안 보인다. 아마 배급제의 영향 때문일 것이다. 따라서 언뜻 보면 도시계획이 잘된 도시로 보인다. 도로도 넓고 아름다운 건물도 많이 눈에 띤다. 조각 작품도 그 규모가 매우 컸다. 필자는 아리랑 축전을 참관한 이후 우울한 시간이 많아졌다.

2005년 10월까지가 우리 가족의 서신 교류의 마지막이었다. 우리를 돕던 국외 교포도 이제는 나이가 많아 세상을 뜨기도 하고 활동이 부자유스러워졌다. 또한, 남북 이산가족 상봉도 김대중, 노무현 정부 때까지 이어졌지만 2007년 제16차 이산가족 상봉을 정점으로 시들해 갔다. 특히 노무현 정권 때는 제7차(2005~2007년)까지 화상 상봉을 하여 노령화되어 가는 이산가족 상봉에 힘을 기울였었다. 그러나 그 뒤로는 뜸해졌다.

과연 이산가족 상봉은 통일을 가져오는 '선평화정착, 후통일'의 일환이 되는 것일까? 적어도 이산가족에게는 이 상봉은 국가에 미안한 일이고 사적으로는 불만스러운 것 중의 하나이다. 이북에서는 이 상봉을 위해 선발된 사람들을 사상교육하고, 가난한 자들에게 옷을 지어주고 남쪽 가족들에게 줄 선물도 사 주며 매번 힘든 출혈을 해야 한다. 만난 뒤로는 서로의 주소도 전화번호도 없이 헤어져야 한다. 즉, 다시는 만나지 못하는 높은 장벽 뒤로 숨어버리는 것이다. 이산가족에 대한 참사랑이 없이 정치적 쇼를 하는 것으로밖에 생각되지 않는다. 이렇게해서 종래는 한 민족, 한 체제 한 정부의 통일이 이루어질 수 있을까? 북한은 한 민족, 한 국가, 두 제도, 두 정부의 중간 과정을 거치자고 한다. 그러나 양쪽 다 최종 목표는 흡수 통일이고 적화 통일이 아닐까?

우리는 그래도 문학 활동을 하는 동생 때문에 몇 번 서신 왕래를 할 수 있었다. 그러나 그것도 동생이 세상을 뜬 뒤로는 끝이었다. 동생은 2011년 10월 23일 갑상선암으로 세상을 떴다. 어머니 품에 그렇게 안기고 싶었던 애였다. 한국에 와서는 모란공원에 가서 어머니 묘소에서 술잔을 올리고 싶었으나 그것은 허락이 될 수 없는 일이었다. 그의 사망 소식을 NK조선에서 확인한 우리 가족은 그해 11월 3일 부모님을 안장한 모란공원 묘소 앞에서 그를 위한 추도예배를 드렸다.

우리는 부모님 추도예배를 드릴 때 교회의 주보처럼 둘로 접은 4면으로 된 유인물을 만들어 가족들에게 나누어 주고 그 순서대로 예배를 드렸으며 인도자는 형제가 돌아가며 하였다. 영재의 추도예배는 내가 주관하였다.

그는 조국을 떠나고 싶지 않았을 것이다. 기어이 통일을 보고 어머니 묘소라도 와보고 싶었을 것이다. 우리는 그가 세상을 하직해도 애도하는 글도 전화도 할 수 없는 곳에서 안타깝게 떠나게 했다. 이제 남한에서도 우리는 그를 떠나보내야 한다. 그래서 모란공원에 모여 유한한 이 세상에서 그를 멀리 보내는 추도예배를 드리기로 했다. 그의 시신을 만지며 잘 가라고 말이라도 해주었어야 할 동생이었다.

여기 추도예배의 내용을 올린다.

추도예배

고 오영재 시인 추도예배
2011년 11월 3일
경기도 남양주시 화도읍 월산리 모란공원묘지

1935.11.17. 생
- 2011.10.23. 졸

공 의 · 정 직 · 사 랑

이 사진은 예배 순서지의 1면을 찍은 것이다.
밑의 공의·정직·사랑은 부친 대로부터 계속 물려온 우리 가정의 마음에 새긴 가훈이다.

● 하나님, 자비를 베푸소서

동생 영재가 2000년 제1차 이산가족 상봉을 위해 왔을 때는 어머니가 가신 지 5년 뒤였습니다. 상봉 전 그는 어머니가 가신 것을 알고 추모시를 써 왔습니다.

머리맡에서 어머니의 임종을 지켜드린 형님이여, 어머니께서 눈을 감으시기 전에 제 이름을 부르시지 않습데까? (…) 죽어서 가는 다른 세상이 있고 어머니가 그 세상에서 다시 살게 되신다면 내 어머니 간 길을 찾아가리다. (…)

상봉이 끝나고 떠나기 전 어머니 묘소라도 들르게 해달라고 당국에 간청했지만 허사였습니다. 지금 우리는 그가 만들어 온 돌사진을 묘소 앞에 놓고 추도예배를 드리고 있습니다. 얼마나 어머니 곁에 있고 싶었으면 돌아가신 아버지를 어머니 팔순 기념사진에 합성해서 새겨 넣고 자기 사진을 우리 형제 사이에 끼워 넣어 가져왔겠습니까? 어머니 묘비에도 자기 이름 새길 자리

뒷줄: 좌로부터 승재, 형재, 근재, 문수원(승재의 아내)
앞줄: 좌로부터 고정자(형재의 아내), 영숙, 이신자(근재의 아내)

를 비워 놓아 달라고 말했습니다. 그런데 나는 이 자리에서 회개합니다. 1966년 방첩대에서 동생이 살아 있다는 소식을 들은 뒤 나는 연좌제가 두려워서 어머니 가슴에 못을 박으며 1984년 동생의 실종신고를 해버렸습니다. 내가 우리 호적에서 완전히 그를 삭제해 버린 것입니다. 그런 사실을 차마 만나서도 그에게 하지 못하였습니다. 그가 2011년 10월 23일에 사망했다는 소식을 듣고 우리는 망연자실했습니다. 나는 더했습니다. 내가 영원히 고백하지 못하게 된 이 죄는 어떻게 해야 합니까? 세상을 떴어도 가볼 수도 없고, 전화도 안 되고, 편지도 안 되며, 유가족에게 우리가 살아 애통하고 있다는 표시도 할 수가 없는 처지였습니다. 어머니를 그렇게 그리워하던 동생이 이제 세상을 떠났으니 그는 하나님 품에 안긴 어머니도 볼 수 없는 스올에 가 있어야 할 것이 아닙니까? 저는 어리석음을 무릅쓰고 주님께 간구했습니다. '그렇게 보고 싶던 어머니를 지상에서 보지 못했으니 하늘나라에서라도 제발 만나게 해주십시오. 안 믿고 죽었으니 서로 딴 세상으로 갔을 게 아닙니까? 마지막 백보좌의 심판 때, 하나님께서는 신·불신자를 다 앞으로 모을 텐데 그때라도 만나게 해주십시오.'

저는 선교사들을 배교(背敎)하게 하려고 예수의 사진을 땅에 놓고 밟고 걸어가게 했다는 소설을 읽은 일이 있습니다. 순교 아니면 배교를 결심하도록 강요한 것이지요. 살기 위해서는 사진을 밟아야 하는 한 선교사에게 예수님의 음성이 들렸다고 합니다. "밟고 지나가라. 나는 밟히기 위해 이 세상에 왔다." 예수님을 밟고 지나가는 배교자의 아픔을 안고 용서하시겠다는 말이 아니겠습니까? 예수를 믿지 못하게 하는 공산 치하에서 고통을 받고 살다 죽은 불신자였던 제 동생을 주께서 용서하시고 그에게 주께서 자비를 베푸시기를 감히 구합니다. "한 민족, 한 국가, 두 체제, 두 정부의 통일을 주장하며 낮은 단계의 고려연방제를 주장하고 있는 백두 혈통, 주체사상이 이북과 시장경제를 쭈로 하는 자유민주주의의 대한민국이 어떻게 통일이 되어 평화 공존할지 인간의 이성으로는 상상할 수가 없습니다. 다만 애굽에서 노예로 살던 이스라엘 백선을 광야로 이끌고 나와 홍해바다 앞에서 지팡이를 들고 "너희는 가만히 서서 여호와께서 오늘 너희를 위하여 행하시는 구원을 보라."라고 모세가 외칠 때 홍해가 갈라지는 하나님의 이적을 바랄 수밖에 없습니다. 우리의 이성으로는 아무것도 할 수 없습니다. 사람으로서는 감히 생각할 수도 없는 하느님의 평화가 그리스도 예수를 믿는 우리의 마음과 생각을 지켜주시라고 기도할 수밖에 없습니다.

오, 주여 자비를 베풀어 주시옵소서.

(⋯)

8부

메아리

2011년 11월 이북의 동생 영재가 이 세상을 떠난 뒤에는 먼 산의 메아리도 사라진 줄 알았는데 헤어진 가족을 만나고 싶다는 그리움과 통일의 염원은 아직도 사라지지 않은 듯 문득문득 혹 메아리가 되어 들려오지 않을까, 귀 기울여지는데 지금도 우리나라의 통일을 위해 기도해주는 목소리와 우리 가정의 안타까움을 공유하고 싶은 생각으로 올린 글들을 보면 가슴이 아리다.

한국의 통일을 위한 외국 사람의 기도에서 나는 흠 없고 티 없는 순수한 어머니의 사랑을 다시 만난다.

이런 사심 없는 어머니의 순수한 사랑만이 분단된 두 나라를 하나로 묶어줄 수 있는 유일한 길이라고 생각한다. 하나님은 멀리서 들려오는 이 메아리들을 통해 새 일을 시작하시리라 믿고 소망의 인내를 계속할 것이다.

2016년 6월 우연히 스웨덴의 팝 가수 아달(Adahl)의 한국을 위한 기도의 노래를 유튜브를 통해 듣게 되었다. 이들은 형제 가수로 형 시몬 아달(Simon Adahl)이 주로 작사를 하고 그의 동생 프랭크 아달(Frank Adahl)이 노래를 부르는 팝 듀오이자 CCM 아티스트다. 시몬은 2011년 8월 15일 새벽 하나님으로부터 코리아의 통일에 대한 노래를 만들라는 음성을 들었다고 한다. 그는 그날 '한국을 위한 기도'라는 주제로 행사를 한 국제기도협회(International Prayer council)의 도전으로 더 용기를 얻고 작곡을 했으며 후에 그곳과 연락이 되어 이 곡을 소개했다는데 영어로 된 이 기도의 내용은 대개 다음과 같다. 우리나라에서는 '오이일이 뮤직'에서 2013년 3월 CD로 출시한 바 있다.

한국을 위해
기도하렵니다

아달 형제(일러스트레이터 이준섭 그림)

한국을 위해 기도하렵니다.

한 나라를 봅니다. 둘로 분단된 나라입니다.

이 나라의 치유는 오래전에 이루어졌어야 한다는 것을

나는 영으로 느낍니다.

무릎을 꿇고 기도할 때

오, 한국이여!

하나님이 길을 보여 주소서.

용서를 위해 기도합니다.
형제 사랑을 위해 기도합니다.
해결을 위해 기도합니다.
기도가 이 땅을 선하게 변화시키소서.
경계선이 없는 나라가 되게 하소서.
사람과 사람이 서로 싸우는 일이 없게 하소서.
오, 한국이여!
나라의 장래는 하나님 손에 달려 있습니다.

나는 한국을 위해 밤새워 기도하렵니다.
백성들이 그 안에서 오직 하나가 되게
주의 성령이 변화를 가져오게 하소서.
새로운 날이 밝게 비춰게 하소서.
나는 한국을 위해 기도하렵니다. 오늘 밤에.

하나님은 이 나라를 사랑하셔서 독생자를 보내셨습니다.
모든 백성을 속량하고 모든 사람에게 평화를 주기 위해
그가 십자가에 돌아가실 때
그는 바로 당신을 위해 피를 흘리셨습니다.
오, 한국이여!

이것이 진실임을 당신을 알고 있습니다.

주님이시여, 이 나라를 하나 되게 하소서!
저들로 당신의 거룩하신 아들을 찬양하게 하소서.
그리고 당신의 성령을 부어주소서.
새날이 바로 시작되고 있습니다.
수백만의 민족들이 보좌 앞에 모였습니다.
오, 한국이여, 당신은 결코 홀로 서 있지 않을 것입니다.

나는 밤새워 한국을 위해 기도하렵니다.
백성들이 연합하여 오직 한 나라가 되게
주의 성령이 변화를 가져오게 하소서.
새로운 날이 밝게 비치게 하소서.
나는 한국을 위해 기도하렵니다. 오늘 밤에.

2018년 8월 11일 《디 애틀랜틱(TheAtlantic)》이라는 미국의 유명한 월간지에 동생의 기사가 맥스 킴(Max Kim, 김소은)이라는 자유기고가에 의해 게재되었다. 이 잡지는 1857년 매사추세츠주 보스턴에서 창간된 문학 및 문화 논평 월간지로 출발했는데 점차 분야를 넓혀 미국 내 소수의 고급 독자를 겨냥해 정치, 국제관계, 사업, 경제, 문화, 예술, 신기술, 과학 분야를 심층 취재한 글을 싣고 있는 잡지라고 한다. 이 잡지에 실리는 장문의 심층 분석 기사는 종종 미국 대통령의 사고에 영향을 줄 정도로 영향력이 대단하다고 한다.

또 하나 이 잡지의 특색은 2008년 TheAtlantic.com이라는 웹사이트를 과감하게 대중에게 공개하고 독자의 벽을 허문 것이다. 제4차 산업 혁명에 걸맞게 종이 잡지를 지양해서 웹사이트에서 누구나 인터넷으로 내용을 볼 수 있으며 과거의 문서도 검색할 수 있게 만들었다. 이 회사는 현재는 매스트헤드(Masthead)라는 프로그램으로 《디 애틀랜틱》 멤버십 구독 프로그램을 내놓고 구독 분야에 따라 꽤 높은 일 년의 구독료를 받고 있다고 한다. 현재의 경영권을 애플의 창업자 고 스티브 잡스의 미망인인 로렌 파월(Laurence Powell Jobs)이 가지고 있는 것도 흥미롭다.

이 유명하고, 기고하기 어려운 잡지에 자유기고가의 열망으로 내 동생의 기사가 실렸다는 것은 감사한 일이다. 특히 깊은 사고를 하는 미국의 고급 독자들에게 한반도의 분단을 애통하게 하는 값진 기회를 제공한 것은 통일의 소망을 앞당길 수도 있다는 생각을 하게 한다. 맥스 킴에게 누가 이런 마음을 불어넣어 주었는가? 그도 고향 같은 어머니가 있었을 것이다. 그래서 그 순수한 어머니의 사랑이 이 기사를 쓰고 싶은 순수한 마음을 주었을 그것으로 생각한다.

이 기사 또한 그를 통해 동생이 떠난 뒤 내가 듣는 또 하나의 메아리이다.

디 애틀랜틱
(TheAtlantic.com)

유진벨재단

이 사진은 유진벨재단 홈페이지에서 북한 지원 사업을 소개하고 있는 사진이다. 위 사진은 방문단으로 참가한 함제도 신부의 사진이고, 아래 사진은 유진벨재단이 최상의 약품을 수송하여 유진벨 다제내성결핵 치료 프로그램에 등록된 환자에게 약품을 전달하고 있는 장면이다.

나는 이 유진벨재단의 활동을 보면서 어머니의 사랑으로 아무 사심 없이 우리나라를 사랑하는 또 하나의 비영리민간단체(NGO)가 있다는 생각을 하고 눈물을 흘린다. 이 유진벨재단을 세운 사람은 인세반 (Stephen Linton)이다. 1995년 8월에 이북 함경북도 지방을 강타한 태풍과 수해로 6만여 명의 수재민이 생길 때 인세반은 평양 신학교 동문 모임에서 특강을 한 일이 있었는데 그해가 그의 외증조부 배유지 (Eugene Bell) 목사가 선교사로 한국에 입국한 지 100년이 되는 해였다. 그때 모였던 몇몇 동지와 뜻을 같이해 그해 12월 19일 워싱턴 D.C.에서 유진벨100주년기념재단을 설립하고 이듬해부터 이 재단을 통해 북한을 정식으로 돕기 시작했다.

그는 북한 전문가로 1979년 이래 북한을 80회 이상 방문했으며 세계적인 부흥사인 빌리 그레이엄의 고문과 통역관으로 김일성을 2번 면담하기도 했다. 아버지 인휴(Hugh M. Linton) 목사는 군산에서 태어났으며 순천 지방에서 활동했다. 1960년대 광양 일대의 간척지 20만 평을 개척하여 농민들에게 나누어주고 남쪽 섬을 돌아다니며 농어촌 교회 200여 곳을 개척하였다. 검은 고무신을 신고

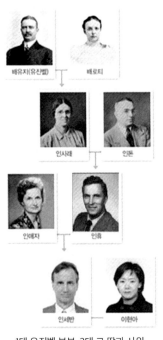

1대 유진벨 부부, 2대 그 딸과 사위, 인돈 부부, 3대 셋째 아들 인휴 부부, 이 헌신적인 3대 선교사를 이은 4대가 인휴 목사의 둘째 아들 인세반 부부

집을 떠나면 일주일 넘게 다니다 귀가한 적도 많았는데 그의 부인 인애자(Betty Linton) 여사는 남편을 현관에 세우고 들어오지 못하게 하며 목욕을 다 한 뒤에 안방에 들어오게 했다는 말이 있다. 그때는 시골마다 많은 빈대가 있었기 때문이었다. 그는 순천에 결핵 요양원을 열고 결핵 환자를 치료해 왔는데 농촌 교회 건축에 쓰일 자재를 싣고 오다가 교통사고로 사망했다. 그때 혈액을 구하느라 택시 속에서 애석하게 운명한 것을 애통해하며 인세반의 막냇동생 인요한(John Linton; 현 세브란스 국제 진료센터 소장)은 1992년 한국 최초의 앰뷸런스를 제작해 순천 소방서에 기증하기도 했다. 또한, 1997년에는 그의 어머니 인애자 여사가 1996년 호암 사회봉사상을 받은 돈으로 앰뷸런스를 제작해 이북에도 전달했다.

통일은 인간의 힘이나 노력으로 이루어지지 않는다. 굶주려 죽어가는 생명을 보면, 병들어 신음하는 병자를 보면, 선한 사마리아인처럼 순수한 어머니의 모성애로 달려가 구원의 손을 내미는 헌신만이 분단된 두 나라를 하나 되게 하는 하나님의 기적을 가져올 수 있다고 나는 확신한다.